KB121212

로크미디어가
유혹하는
재미있는 세상

ROK
로크미디어

이것이 법이다

이것이 법이다 46

2018년 10월 11일 초판 1쇄 인쇄
2018년 10월 16일 초판 1쇄 발행

지은이 자카예프
발행인 이종주

기획 팀 이기헌 왕소현 박경무 이승제
책임 편집 최전경

발행처 (주)로크미디어
출판등록 2003년 3월 24일
주소 서울시 마포구 성암로 330 DMC첨단산업센터 3층 318호, 319호
Tel (02)3273-5135 **Fax** (02)3273-5134
홈페이지 rokmedia.com **E-mail** rokmedia@empas.com

ⓒ 자카예프, 2015

값 8,000원

ISBN 979-11-294-0829-7 (46권)
ISBN 979-11-255-9575-5 04810 (세트)

이것이 법이다

46

자카예프 장편소설

ROK
MEDIA
로크미디어

CONTENTS

술 한 잔이라는 마약   7

의리는 없다   49

시스템 온라인?   87

시전, 인실좆!   121

게임 오버   159

망자의 길   217

심리적 추적술   255

범인은 너다!   279

술 한 잔이라는 마약

　피해자인 소주미에게는 사실을 말할 수가 없었다.

　하지만 가해자라면 어느 정도 그 상황을 기억할 수밖에 없기 때문에 노형진은 가해자인 하수교를 찾아갔다.

　그는 자신의 죄를 인정했기 때문에 다행히 구속영장은 발부되지 않았지만 방 안에 틀어박혀서 제대로 나오지도 않은 듯 얼굴이 피폐해져 있었다.

　'뭐, 그다지 불쌍하지는 않지만.'

　보통은 그런 얼굴을 보면 불쌍하다고 하겠지만 노형진은 그다지 불쌍하지 않았다.

　애초에 모든 일을 저지른 것은 본인이다. 그걸 책임져야 하는 것도 본인이고.

"몰랐습니다. 그게 강간이라는 것은⋯⋯."

"몰랐다는 게 말이 됩니까? 애초에 여자의 동의 없이 관계를 가지면 다 강간입니다. 부부 사이에서도 강간이 인정되는데 모르는 사이에 관계를 몰래 가지고도 강간이 될 거라고 생각 못 한다는 게 말이나 됩니까?"

노형진이 대놓고 뭐라고 하자 듣고 있던 하수교의 변호사가 눈을 찌푸렸다.

"말이 험하십니다."

"뭐가 험해요?"

"이분, 당신 의뢰인입니다. 그런데 의뢰인한테 하는 말이⋯⋯."

노형진이 피식 웃었다.

"엄밀하게 말하면 법원에서 변론하는 의뢰인은 아닙니다. 사건에 대한 조사를 의뢰한 건데요. 법원에서의 변론은 그쪽 소관 아닙니까?"

"아무리 그래도 그렇지!"

"아무리 그래도 그렇지가 아니라, 변호사라면 당당하게 자기 의견은 말해야지요. 의뢰인 빨아 준다고 돈이 더 생기는 것도 아니고."

"뭐라고요!"

상대 측 변호사는 발끈했다.

자신의 말에 정면으로 반박할 거라고는 예상하지 못했던

모양이다.

"변론은 변론이고 방어는 방어입니다. 하지만 의뢰인에게 잘못된 것을 잘못된 거라고 말하지도 않으면 그게 변호사입니까? 노예지."

"노예? 지금 그걸 말이라고……!"

"보모도 자기가 담당한 애한테는 잘못된 걸 말해서 못 하게 합니다. 그런데 그것도 못 하면 무슨 변호사예요."

"큭."

상대 측 변호사는 순간 말문이 막혔다.

노형진은 그를 보면서 선을 정확하게 그었다.

"변호사는 현실적으로 의뢰인을 보호하고 변론을 하라고 있는 거지 그를 빨아 주고 안심시키라고 있는 게 아닙니다. 애초에 그럴 거면 변호사가 아니라 노예를 사야지요. 바늘 도둑이 소 도둑 된다고 했습니다. 변호사가 그 의미를 모르지는 않을 텐데요?"

바늘 도둑이 소도둑 된다.

그건 아이의 미래가 정해져 있다는 개념보다는, 혼낼 때 혼내지 않으면 미래가 망가진다는 뜻이다.

바늘을 훔쳐 왔을 때 혼내지 않고 칭찬을 해서 결국은 소도둑이 되었다는 우화에서 나온 말이니까.

"강간범인 건 인정하셨고, 그걸 정확하게 지적하고 다시는 그러지 않겠다 하면서 방어해야지, 강간범 아니라고 말하면서 방어를 하면 반성이나 하겠어요?"

"당신 말이야……!"

"하기 싫으면 마시든가요. 저희는 원하시는 대로 하겠습니다."

상대 측 변호사는 화가 났지만 어쩔 수가 없었다.

확실히 노형진과 새론은 사건을 추적하는 의뢰만 받았지, 따로 변론을 담당하기로 된 것은 아니다.

더군다나 이야기를 들어 보면 자신은 생각도 못 한 상당한 진척을 이루어 낸 것 같은데 만일 여기서 빠지면…….

'하아…….'

자신이 아무리 변론해도 결국 실형은 못 면한다.

말을 어떻게 하든 결국 칼자루를 쥐고 있는 것은 저쪽이다.

더 짜증 나는 것은 노형진의 말이 지극히 맞다는 것이다.

상대방 자체도 짜증 나는 사람인데 그의 말이 더 맞는 경우, 느껴지는 짜증은 배가되기 마련이다.

"이런 식이면 나도 변론 못 합니다."

그도 우위를 점하기 위해서 차가운 말을 던졌다.

그러자 하수교는 얼굴이 사색이 되었다.

"그러시든가요."

노형진은 씩 웃었다.

"뭐라고요?"

"애초에 그쪽은 해 봐야 실형이고 이쪽은 잘하면 합의인데, 비슷한 상황은 아니지 않습니까?"

하수교는 슬머시 노형진의 눈치를 봤다.

"끄응……."

결국 하수교의 변호사는 아무런 말도 하지 못하고 눈치를 보다가 하수교를 두고 바깥으로 나갔다.

"저기……."

"걱정하지 마세요. 그만두지는 않을 테니까요."

노형진은 저 변호사가 저러는 이유를 안다.

일반적으로 변호사들이 여럿 선임되면 일종의 기 싸움이 이루어진다. 누가 리드를 해서 나갈 것이냐 하는.

"저쪽에서는 지금 자존심 상해서 저런 거지, 진짜로 그만두려고 하는 건 아닙니다."

"그러면 다행이기는 한데……."

"중요한 건 사건을 진행하는 겁니다. 실형이 나오는 것보다는 나을 텐데요?"

"그건 그렇지요."

아직은 강간죄가 친고죄인 상황이다.

그리고 상대방은 공범이 아니라면 먼저 사고 친 놈을 잡아 줄 것을 요구했다. 그러면 합의서를 써 주겠다고.

'물론 민사적 손해배상은 해야겠지만.'

일단 자신들이 잡아 주는 것은 조건 중 하나일 뿐이고, 금

전적 배상은 따로 해야 한다.

하지만 그건 자신의 소관이 아니기 때문에 노형진은 무심하게 넘어갔다.

중요한 것은 그의 의뢰대로 먼저 강간한 강간범을 잡는 것이다.

"사실은 이번에 저희가 새로운 이야기를 들어서요. 그것에 대해서 좀 아시는가 싶어서 말입니다."

"새로운 이야기라고 하시면?"

"웨이터들이 술에 취한 사람들을 강간한다는 이야기가 있던데요."

"네?"

당황하는 하수교.

그런 말을 들어 본 적이 없기 때문이다.

'하긴, 그런 걸 누구나 잘 아는 건 아니지.'

이런 걸 안다면 쉬쉬하는 분위기가 사방에 퍼져 있을 테니까.

"저도 그런 건 잘 몰라서……."

"중요한 이야기입니다. 만일 그 말이 맞는다면 범인이 누구인지 예측할 수 있게 되니까요."

하수교는 침을 꿀꺽 삼켰다.

그 말인즉슨, 그게 사실이라면 웨이터 중에 범인이 있다는 뜻이 되기 때문이다.

그날 그곳에 온 수많은 남자들이 아니라 웨이터들 중에 범인이 있는 거라면 합의서를 받기도 쉬워진다.

"그 정보가 필요합니다."

"그 이야기를 어디서 들으셨는데요?"

"그쪽에서 일하는 삐끼에게서 들었습니다."

'문제는 확실한 게 아니라는 거지.'

삐끼라는 신분 자체가 그쪽 바닥에서는 최하층민으로 통하는 계급이다.

그렇다 보니 대부분 바깥에서 명함을 뿌리거나 손님을 모으는 역할 정도만 하는지라 내부에서 일어나는 일에 대해서는 잘 알지 못한다.

지난번에 얻은 정보도 '썰' 정도이고 말이다.

'방향은 잡을 수 있었지만…….'

정확한 정보를 알지 못하면 접근 방식을 찾을 수가 없다.

"혹시 그녀를 데리고 모텔로 들어갈 때 특이한 거 없었습니까?"

"네? 그다지…….'

"옷이 흐트러져 있었다거나, 뭐가 묻어 있었다거나…….'

"저도 잘…….'

하수교는 기억을 제대로 못 하는 듯했다.

'흠…….'

하긴 한두 번 이런 짓을 한 게 아니라면 그 정도로 흔적을 남길 리 없다.

'완전 지능범인데?'

흔적을 지우고 다른 남자에게 넘김으로써 자신의 범죄를 완전히 은폐한다.

그런 식으로 한다는 것은 누구도 생각하지 못한 일이다.

더군다나 그들의 신분은 남들이 다 무시하는 나이트의 웨이터들이다.

대부분의 경우 특이한 사항이 없으면 직원은 의심하지 않는 법이다.

"중요한 겁니다. 어떻게 보면 그 녀석들이 강간 교사범이 될 수도 있어요."

"네? 그게 무슨……?"

"피해자의 주량은 아십니까?"

"제가 그런 걸 알 리 없죠."

"상당히 강한 편입니다. 그런데 그날은 술을 많이 먹지 않았다고 하더군요."

그녀 스스로 소주 두 병 반 정도가 주량이라고 했다.

그러나 그녀가 기억하는 한, 그날 그녀가 먹은 술은 맥주 두 병도 되지 않았다.

더군다나 그녀가 들어왔다가 하수교와 함께 나간 시간을 따져 보면 상당히 빨리 나갔다.

일반적으로 술을 먹는 시간을 생각하면, 작심하고 들이켜지 않는 이상에야 그사이에 취해서 인사불성이 될 가능성은 없다.

"저희는 약을 탔을 거라 생각하고 있습니다. 그리고 그 범인은 웨이터일 가능성이 높구요."

"으음……."

하수교는 머리를 부여잡았다.

아무리 생각해도 그런 것은 자신은 모른다. 그저 운이 좋다고 생각했던 것뿐이다.

물론 지금에 와서야 전혀 운이 좋은 상황이 아니었지만 말이다.

"솔직히 저도 그다지 멀쩡한 정신은 아니었던지라……."

"끄응……."

하긴, 시간으로 봤을 때 하수교 역시 적지 않게 술을 마셨을 것이다. 그러니 멀쩡할 수는 없는 노릇.

'새벽 2시던가.'

보통 룸은 밤 9시만 되면 다 찬다.

즉, 룸을 잡고 놀았다는 것 자체가 9시부터 들어가 있었다는 소리다.

그러니 새벽 2시면 본인들도 적지 않게 술을 마셨다는 뜻이다.

"아!"

머리를 부여잡고 고민하던 하수교 순간 뭔가 생각난 듯했다.

"어쩌면 형님이 아실지도 몰라요."

"형님?"

"그러니까 진짜 형은 아니고……."

그날 같이 간 선배 중 한 명이라고 한다.

그런데 그는 원래 성격상 그런 곳을 좋아하는 데다가 자주 다녀서, 그런 것에 대해서 빠삭하다고 한다.

"그런데 그 형이 술 먹고 작업하면 안 된다고 술을 별로 안 먹는 편이라서요. 그날도 그다지 많이 안 먹었어요."

"그래요?"

"네."

"일단 만나 봐야겠군요."

원래는 그가 증인으로 나설 일은 없었을 것이다. 하수교가 자기 잘못을 인정했으니까.

'하지만 다른 거라면…….'

어쩌면 그가 기억할지도 모른다.

그게 추적의 시작이 될 수도 있었다.

⚖️

"그런가요?"

소개를 받은 선배인 강헌수는 머리를 북북 긁었다.

"아아, 그 소문은 들은 적이 있어요."

"그래요?"

"네. 아무래도 그 바닥이라는 게 깨끗한 놈들이 들어가기는 좀 그런 자리잖아요? 사회적으로 무시하지 말라고 하지만."

직업의 귀천이 없다고 하지만 그건 어디까지나 말뿐인 것이 현실이다.

그리고 웨이터, 그것도 나이트 웨이터라는 직업은 상당히 하층민으로 취급받는 직업이다 보니 멀쩡한 사람은 그다지 많이 안 가게 되어 있다.

사정이 있거나 질이 안 좋은 녀석들이 가는 경우가 적지 않다는 것.

"뭐, 사정이 있어서 들어간 멀쩡한 애들은 문제가 안 되는데, 원래 질 안 좋은 애들이 들어가면 그때는 문제가 되죠. 그래서 그런 소문을 좀 듣기는 했습니다."

"자세한 건 좀 아십니까?"

"저는 내부자도 아니니 그런 소문에 대해서 듣기만 했지, 내부 사정을 알 리 없죠."

'하긴.'

손님은 결국 손님이다.

그들이 아무리 친해도 자신들의 약점을, 그것도 심각한 약점을 알려 줄 리 없다.

"약을 쓰거나 하는 것에 대해서는요?"

"그것도 잘······."

"흠······."

"다 소문일 뿐이니까요."

결국 평범한 수준의 정보만 있는 상황.

"그러면 다른 건 좀 기억나십니까?"

"어떤……?"

"혹시 그날 웨이터가 누구였는지 기억나시나요?"

"당연히 기억하죠. 제가 지명하고 간 건데."

보통 나이트를 갈 때 자주 가는 사람은 웨이터를 따로 지명한다.

웨이터들은 자기 손님들을 기준으로 술값을 받기 때문에 지명을 받기 위해서 그렇게 노력하는 것이다.

물론 지명이 없는 경우 순번을 돌아가면서 받기는 하지만, 지명의 경우 확실한 자기 손님이기 때문에 수익이 안정되니까.

"누굽니까?"

"양재기요."

"누구요?"

"닉이 양재기예요. 뭐, 진짜 이름 같은 건 저도 모르죠."

어깨를 으쓱하는 강헌수.

"그 사람과 거래한 지는 얼마나 되신 겁니까?"

"한…… 4개월?"

'길지는 않군.'

애매한 시간이다. 길다면 길고 짧다면 짧다.

"제가 조언을 좀 드리자면……."

"네?"

"너무 한쪽에만 매달려 있으면 이 바닥에서는 좋은 대접 못 받아요."

"그게 무슨……?

노형진이 이해 못 한다는 표정이 되자 강헌수는 어깨를 으쓱하면서 자기 경험을 이야기했다.

"뜨내기로 매일같이 바꾸면 어차피 뜨내기이기 때문에 제대로 안 해 주고, 그렇다고 몇 년 동안 계속 찾아가면 단골이니까 좀 만만하게 보는 성향이 있거든요. 그래서 적당히 끊는 게 중요해요."

"그래서 옮긴 거다 이건가요?"

"네."

4개월 정도면 단골이라는 정도는 알 수 있게 된다. 그리고 상당히 자주 온다는 것도 말이다.

"그걸 알게 되면 보통은 자기 손님으로 끌어들이려고 적극적으로 부킹해 주기 마련이거든요."

"그래요?"

"어디든 마찬가지지요."

중요한 건 그게 아니다.

과연 그들 중 범인이 누구냐라는 것이다.

"중요한 건 그게 아닌 것 같은데요."

"아니요, 중요하지요. 보통 그렇게 지정되면 다른 애들이 룸에 못 들어와요."

"네?"

그건 모르고 있던 사실이었다.

다른 애들이 들어오지 못한다니?

"말씀드렸다시피 웨이터들은 대부분 그 룸에서 판매한 술 값의 일부를 받게 되어 있어요."

그렇다 보니 다른 웨이터가 그 손님에게 다가가서 손님을 빼앗는 것은 상당한 문제가 된다.

특히 비싼 손님에 해당하는 룸 손님의 경우, 큰 싸움이 될 수 있는 여건이 된다.

"그래서 그 룸에 들어올 수 있는 것은 담당 웨이터와 그 웨이터 아래의 새끼 웨이터들뿐이에요."

"그렇다는 건……."

"그 피해자라는 분도 그 애들이 끌고 왔다는 뜻이지요. 그리고 약 쓴 것 같다고 했지요?"

"네? 아, 네."

"그러면 그 여자 담당도 양재기 그 새끼일 것 같은데요."

"네?"

그건 예상하지 못한 말이었다.

"아까도 말씀드렸다시피 담당이라는 것도 있으니까."

그건 남자뿐만 아니라 여자까지 포함된 것이다.

"보통 술잔은 자리에 미리 준비하기는 하거든요. 하지만 추가로 술잔을 가지고 와 달라고 하면 그건 그 팀에서 하는 거니까……."

"음……."

"랜덤하게 그냥 내주기는 하는데……."

"무슨 뜻인지 알겠습니다."

주방에서는 씻어 둔 술잔을 내줄 뿐이고, 그걸 가지고 가는 것은 담당 웨이터다.

그런데 좌석에 앉는 손님이 남자인지 여자인지 미리 알 수는 없다. 정해 두고 오는 게 아니니까.

결과적으로 약을 먹이려면 술잔을 가져다주는 와중에 장난을 쳐야 한다는 뜻이다.

"도움이 많이 되었네요."

드디어 표적을 찾았다는 생각에 노형진은 눈을 반짝거렸다.

⚖️

"맞아. 같이 간 친구들에게 확인했는데 그렇게 기억하더라고."

"그래?"

"응."

속칭 양재기라고 하는 녀석이 담당이라고 기억하고 있었다.

다만 하수교 측과 다르게, 지명하지 않고 들어갔고 그 당시 순번에 따라서 그가 걸린 것이라고 했다.

"범인이 누구인지 알아낸 셈이군."

양재기.

본명은 모르지만, 확실한 것은 그가 아니면 이번 사건이 성립되지 않는다는 것이다.

"하지만 좀 이상하지 않아?"

"응?"

"다 랜덤이기는 하지만 여자가 끌려가는 것도 랜덤이잖아. 자기 손님이라고 자기 손님한테만 부킹하지는 않을 것 같은데."

손채림은 그 부분에 고개를 갸웃했다.

여자들이 나이트에 가면 이 웨이터 저 웨이터가 끌고 다니면서 부킹을 시켜 준다. 그런데 하필이면 하수교를 정확하게 걸리게 만들다니.

"아, 네가 착각했구나."

"응?"

"우리 의뢰인이 하수교라고 해서 그가 표적이었다는 것은 아니야. 엄밀하게 말하면 표적 따위는 없었어."

"응?"

"생각해 봐. 그 녀석들이 필요한 게 뭐겠어?"

"아!"

애초에 그들이 강간하고 난 후에 그 죄를 뒤집어쓸 남자가 필요할 뿐이다.

그러니 그게 꼭 하수교일 필요는 없었다.

"노린 게 아니라 우연일 뿐이야."

"허."

즉, 하수교가 강간한 게 아니라 강간 교사를 받은 셈이다.

"좀 복잡한 문제군."

정리해서 보고받은 송정한은 기가 막혔다.

사건이 이런 식으로 될 수도 있다는 것은 생각도 못 했던 것이다.

웨이터라니.

"문제는 증거가 없다는 겁니다."

"그렇겠군. 상황이 너무 좋지 않군."

심증은 많다. 하지만 그 양재기라는 녀석이 흔적을 남겼을 가능성은 없다.

"유전자 검사 결과는?"

"그게 참 애매한 게, 검사를 해 달라고 해서 무조건 해 주는 건 아니잖아. 증거가 남아 있어야 하지. 경찰에 신고해서 '이놈이 범인인 것 같은데 검사해 줘요.'라고 한다고 해 줄 것 같지는 않아."

"그런가?"

"내 생각도 마찬가지일세. 보고서를 보아하니 웨이터들이 한두 명이 아니라면서?"

"네."

주범은 그 양재기라는 녀석일 가능성이 높지만 문제는 임신을 시킨 녀석이 그 녀석이라는 보장은 없다는 것이다.

같은 팀일 수도 있고, 다른 팀 녀석인데 친한 녀석일 수도 있다.

"그곳의 직원들에 대한 무차별적인 유전자 검사 요구는 법원에서 안 받아 줄 걸세. 인권침해에 들어갈 테니까."

"그러면 그 양재기에 대해서만 받는 건요?"

"그것도 문제지."

일단 양재기에 대해서 강제로 받게 하는 것은 한 번은 할 수 있다.

그런데 아니면? 그래서 다른 사람을 해야 한다고 하면?

"법원에서 검사 허가를 내줄 리 없네."

"음……."

손채림은 참 애매한 얼굴이 되었다.

증거를 따라서 여기까지 왔는데, 범인이 누구인지 의심은 가는데 정작 그 증거를 잡을 수 있는 방법이 없었다.

"나이트클럽이라는 특성상 내부에 카메라가 있을 리도 없고."

"설사 있다고 해도 그걸 모를 리 없지 않을까?"

"그건 그렇지."

그렇다고 현장에 대해서 조사한다?

나이트클럽에는 하루에도 수백 명의 손님이 온다. 유전자 검사를 하기 시작하면 아마도 몇만 단위의 유전자가 나올 것이다.

"애매하네."

"확실하게 증거가 없는 상황에서 양재기를 엮을 수는 없어."

양재기뿐만이 아니다.

자신들의 예상대로 집단 강간이라면 그뿐만 아니라 여러 명을 잡아들여야 하는데, 그걸 할 수 있을 방법이 없었다.

"내부에 자폭을 유도할 수 없을까?"

노형진이 가장 선호하고 또 가장 잘 쓰는 방법은 내부에서 자폭하도록, 그러니까 안에 있는 누군가가 배신하도록 하는 것이다.

하지만 이번에는 그것도 힘들어 보였다.

"그러기에는 이번에는 고발자의 피해가 너무 커."

"응?"

"공범이라고. 보통은 누군가를 배신하려면, 그 배신으로 인해서 자기에게 이득이 있어야 해."

하지만 이번 경우는 배신한다고 해도 결국은 강간범으로 처벌을 피할 수 없다.

더 나아가 자신은 직장에서 잘릴 테고 다른 나이트로 갈 수도 없을 것이다.

나이트클럽에서 일하는 이들은 대부분 다른 직장을 구하

기 힘들어서 온 사람들인 경우가 많다. 그러니 누군가 양심 선언을 할 것 같지는 않았다.

"그렇다면 어쩌지? 가짜라도 들여보낼까?"

"너무 랜덤인데."

물론 누군가 술에 취한 것처럼 함정을 파는 것도 어려운 것은 아니다.

하지만 양재기가 그 사람을 담당하게 될 가능성이 얼마나 되는지 알 수도 없거니와, 기껏 술에 취한 척해도 다른 남자와 함께 내보낼 가능성도 있다.

"그 남자와 모텔에 함께 갈 수는 없으니 결과적으로 사정을 설명하고 따로 나와야 하는데……."

"그랬다가는 양재기 쪽에 정보가 들어갈 수도 있겠구나."

"그렇지."

물론 선의로 이야기하면 대부분의 사람들은 분노하면서 이야기를 퍼뜨리지 않을 것이다.

"하지만 뇌가 아랫도리에 달려 있는 새끼가 있기 마련이거든."

그들은 여자를 건지지 못했다는 생각에 양재기한테 화를 낼 테고, 그러면 양재기는 누군가 추적하고 있다는 사실을 알아차릴 것이다.

"증거라……."

심증은 있는데 물증은 없다.

이 말이 딱 맞아떨어지는 상황에서, 노형진은 양재기를 잡을 방법을 고민하기 시작했다.

"사장은 어떤가?"

"사장요?"

"그래, 술집 사장 말일세."

"안 도와줄 겁니다. 미치지 않고서야."

나이트클럽에서 직원들이 집단 강간을 했다는 소식이 들리면 그곳은 100% 망한다.

여자들이 올 리 없으며, 여자가 없는 곳에 남자들이 올 리 없으니.

"누구도 도와주지 않을 겁니다."

"끄응……."

그렇다고 룸마다 몰래카메라를 설치할 수는 없다.

설치야 할 수 있지만 그로 인해서 증거능력을 인정받지 못하게 될 수도 있고 말이다.

"거기에다 강간이 벌어지는 장소가 어디인지 정확하게 알수가 없으니."

자기들이 가진 것은 의심뿐이다.

룸에서 강간한 거라고 의심하기는 하지만, 그건 어디까지나 의심일 뿐.

"그러면 어쩐다……."

송정한도 상당히 곤혹스러운 모습이었다.

"그 녀석을 추적하는 것은 무리인가?"

"이미 했습니다만."

말 그대로 나이트와 집만 왔다 갔다 할 뿐, 다른 흔적은 남기지 않는다고 했다.

하긴 나이트가 끝난 후에 나가려면 집에 빨라 봐야 9시에나 들어갈 테니 한숨 자고 다시 출근해서 영업 준비를 하려면 다른 일을 할 틈이 없을 것이다.

"끄응……."

그렇게 두 사람이 고민하는 사이에, 좋은 생각이 났는지 손채림이 고개를 번쩍 들었다.

"혹시 이 방법은 어때요? 친자 확인 소송!"

"엥?"

노형진은 어이가 없다는 표정이 되었다.

친자 확인 소송이라니?

"그러니까 내 말은, 결국은 유전자를 얻는 게 중요한 거 아냐?"

"그렇지. 아!"

그제야 노형진은 손채림이 무슨 말을 하려는지 알아차리고 눈을 빛내기 시작했다.

"그거 좋은 생각이네."

친자 확인 소송을 하게 되면 법원은 명령으로 유전자 검사를 하게 된다. 그리고 그렇게 되면 상대방은 법원의 명령에 따라서 유전자를 내놓을 수밖에 없다.

"그리고 그건 민사소송이잖아?"

"그렇지, 민사지. 내가 왜 그 생각을 못 했지?"

그 말인즉슨 소송하는 경우 형사처럼 부정확을 이유로 허가가 나오지 않을 가능성이 없다는 뜻이다.

그리고 민사소송인 만큼 나중에 취하하면 그만이다.

"그곳에 일하는 웨이터가 백 명씩 되지는 않을 것 같은데?"

"그렇겠지."

일하는 사람들이 백 명이 넘기는 하겠지만 그건 전부를 합쳤을 때의 이야기지 손님들과 접할 수 있는 웨이터는 그다지 많지 않다.

"더군다나 이런 일을 뜨내기 웨이터들을 시킬 것 같지는 않고 말이야."

이런 범죄 공동체의 특징은 다름 아닌 결속력이다.

조폭들이 말뿐이기는 하지만 의리를 주장하는 것도 결국은 결속력을 다지기 위한 것이다.

"그러니 새로 오거나 이동이 빈번한 자들을 빼면 그 숫자는 확 줄겠지."

그러면 그들에 대한 검사를 하는 것은 어려운 일이 아니다.

"좋은 방법인데?"

"그렇지?"

노형진의 눈이 반짝거리기 시작했다.

사건은 바로 진행되었다.

일단 명단을 확보하고 그들에게 소송을 걸 수 있는 사람을 구분하기 시작했다.

그리고 소주미의 아버지는 심각한 표정으로 유전자 검사 결과를 건넸다.

이제 이것만 있으면 웨이터들의 유전자와 비교할 수 있게 되는 것이다.

"소주미 씨는 어떤가요?"

"계속 검사 중이오. 아직 그 사건에 대해서 말하지는 않고 있기는 하지만."

"그냥 묻어 두세요."

"그러니 이 소송을 내가 진행하는 거 아니오."

소주미가 집단 강간당했다는 소식을 차마 전할 수 없었던 그는 자신이 나서서 소송하겠노라고 했고, 노형진 또한 소주미의 미래를 위해서라도 그게 좋은 생각이라고 판단했다.

"그런데 그 말이 사실인 거요? 웨이터 중에 범인이 있다는 게?"

"그렇습니다."

그는 주먹을 꾸욱 쥐었다. 당장이라도 때려죽이고 싶은 눈치였다.

"진정하세요."

"지금 진정하게 되었소?"

"압니다. 하지만 그렇기 때문에 더 조심해야 합니다. 범인을 잡아야지요."

"하아."

소주미는 결국 낙태를 하기로 했다.

낙태는 기본적으로 불법이지만 강간 등 특수한 경우에는 합법이다.

'어느 쪽이든 좋을 수는 없지.'

사람들은 낙태를 쉽게 생각하는데, 그건 절대로 좋은 일이 아니다.

몸이 망가지고, 호르몬 불균형으로 정신적으로도 붕괴되기 때문이다.

더군다나 잘못하면 임신이 불가능한 상황까지 갈 수 있기에 조심해서 해야 하는 일이다.

그러니 그녀의 아버지가 분노할 수밖에.

"하수교 그놈에게는 합의서를 써 주는 게 아닌데."

"어떻게 보면 그도 속은 거니까요. 그리고 이 모든 조사 비용을 그가 내기로 하지 않았습니까?"

"으음......"

하수교는 어떻게 해서든 합의서를 받아 내기 위해서 돈을 닥닥 긁어서 변호사비와 조사 비용 그리고 합의금까지 토해 내고 있는 상황이었다.

'그걸 가지고 다 무마된다는 건 말도 안 되지만.'

그래도 최소한 반성한다는 모습을 보이고 있으니까 봐주는 것이지, 그렇지 않다면 노형진이 나서서 사건을 거절했으리라.

"일단 의심되는 녀석은 대략 열다섯 명 정도 됩니다."

"열다섯 명?"

"네."

양재기, 아니 양현수를 포함하여 열다섯 명.

그들은 오렌지 나이트에서 2년 이상 근무했고 서로 친밀한 것으로 소문이 나 있었다.

"그들 중 네 명이 일반 웨이터, 열한 명은 새끼 웨이터입니다."

"새끼?"

"아래에서 일하는 녀석들이지요. 중요한 건 단어가 아니라 그들의 과거입니다."

그들에 대해서 간단한 조사를 했는데, 끼리끼리 뭉친다고 했던가. 제대로 고등학교를 졸업한 녀석은 고작 세 명뿐이었다.

"그중에서 여덟 명은 이미 전과가 있더군요."

"허."

물론 전과가 있다는 게 문제가 되는 것은 아니다.

전과가 있음에도 불구하고 갱생해서 열심히 살아가는 사람들도 분명히 존재한다.

'하지만 전과가 있다는 것은 대부분 법적인 지식도 부족하고 또 법을 지키려는 의지 역시 낮다는 뜻이거든.'

갱생해서 살려고 한다면 좋지만, 그렇지 않다면 법을 지키려고 하지 않는 성향이 있다는 뜻이다.

"이들에 대해서 다 들어가는 거요?"

"네. 민사는 그게 가능합니다."

"하지만……."

소주미의 아버지는 침울한 표정이 되었다.

그럴 수밖에 없는 게, 무려 열다섯 명이다.

"너무 숫자가 많다고 검사를 거부하면……."

노형진이 피식 웃었다.

"걱정하지 마세요. 우리나라 판사들은 그렇게 부지런한 사람들이 아니거든요."

"네?"

노형진의 말을 그는 이해할 수가 없었다.

"뭐야? 열다섯 명?"

"그렇습니다."

"아니, 장난하는 것도 아니고……."

"장난이 아닙니다."

민사로 들어가자 판사는 기가 막혔다.

애아버지가 누구인지 알지 못해서 그걸 검사하기 위해서 하는 소송인 건 알고 있었다. 그런데 열다섯 명이라니?

"검사 대상에 제한이 있다는 소리는 못 들었는데요."

"그거야 그렇지."

하지만 대부분의 소송은 한 명을 대상으로 이루어진다.

임신이라는 것은 여자가 하는 것이다.

즉, 여자가 대충 자신의 가임 기간을 알고 있는 데다가 대략적으로도 감을 잡고 있기 때문에 특정 한 명을 지정해서 하는 경우가 많다.

"하지만 이번은 좀 특이하지요."

집단 강간을 당했다고 추정하고 있는데 그가 누군지 모른다. 그들 중에 있다고 의심할 뿐이다.

"차라리 신고를 하지 그러나."

"형사법이라는 게 그렇지 않습니까? 특정이 안 된다고, 다 검사를 해 주는 게 아니라서요."

"끄응……."

판사도 그걸 안다.

하지만 민사는 그렇지 않다. 자신이 사인만 하면, 그걸 해 주면 그만이다.

"이건 좀 전례가 없는데."

"그러면 계속 재판하시면 되겠네요."

"자네 말이야, 너무 막 말하는 거 아닌가?"

"쉬운 방법을 가지고 고민하시니까 드리는 말씀입니다."

"끄응……."

쉬운 방법. 그건 다름 아닌 유전자 검사다.

사실 친자 확인 소송은 과거와 다르다.

유전자 검사라는 게 없었던 과거에는 가임 시기니 만나는 날의 행동이니 뭐니 하고 싸우는 등 말이 많았지만, 지금은 다 필요 없이 그냥 검사 한 번으로 친자 관계가 드러난다.

어떻게 보면 가장 편한 소송이 다름 아닌 친자 확인 소송이 된 것이다.

"하긴, 내가 고민할 건 아니군."

자신은 그저 검사만 시키고 결과만 받아 보면 된다.

그 후에 신고를 하든 지지고 볶든, 당사자들이 알아서 할 일이고 말이다.

"그렇게 하지."

"감사합니다."

노형진은 미소를 지었다.

애초에 판사가 사인을 할 것이라는 것은 알고 있었다.

세상에 어떤 멍청이가 쉬운 길을 놔두고 어려운 길을 가겠는가?

물론 거기에서 배우는 게 있다면 어려운 길을 마다하지 않겠지만.

'배우기는 개뿔.'

사건에 치여서 하루하루가 바쁜 게 판사다.

한국은 사건에 비해서 판사가 부족하다.

판사는 판결만 해야 하는 게 아니다. 증거를 분석하고, 판결을 하고, 판결문을 써야 한다.

'바빠 죽겠는데.'

바빠 죽겠는데 양측의 변론을 받는다? 편한 방법이 있는데?

'그럴 리 없지.'

"검사는 의뢰하는데, 비용은 그쪽에서 내는 걸로 해. 그거 가지고 태클을 걸면 곤란하니까."

판사의 말.

노형진은 미소를 지었다.

"당연히 그래야지요."

⚖

"미친……."

웨이터들은 당황했다.

갑자기 날아온 명령장.

친자 확인 소송에 대한 법원 명령.

"아니, 이게 뭡니까?"

그들은 소장을 받고 당황해서 당장 경찰서로 달려갔다.

그곳에 그들과 잘 아는 사이인 형사가 한 명 있었기 때문이다.

법에 대해서 잘 모르는 그들은 그에게 도움을 청할 생각이었던 것이다.

하지만 경찰은 그걸 보고 시큰둥했다.

"보자, 이건 민사네."

"에?"

"민사라고요?"

"형사도 아니니까 우리 거칠 것도 없고. 신분이야 사실 조회 한 번만 해도 다 나오는 거고."

경찰은 별일 아니라는 듯 시큰둥하게 말했다.

"우리는 애가 없단 말입니다!"

양현수는 따지고 들었다.

그렇지만 경찰은 자신과 상관없다는 듯 법원의 명령장을 그들에게 도로 내밀었다.

"그건 당신들 말이고."

"뭐라고요?"

"당신들이야 애가 없다고 생각하겠지만, 애가 있으니까 그 검사를 하라고 날아온 거 아냐."

"하지만······."

"하지만이고 뭐고, 이건 법원 명령이야. 안 하면 처벌 대상이라고."

"허."

양현수는 어이가 없었다.

"하지만 애가 태어나지도 않았는데 돈이라니."

경찰은 피식 웃었다.

어디서 주워들은 게 있는 것 같기는 한데 제대로 주워듣지 못한 티가 팍팍 났기 때문이다.

"어이, 어이. 그건 양육비 청구 소송이고."

"양육비?"

"그래. 그건 너희한테 애가 있으니 그 생활비를 내놓으라고 하는 거고, 이건 친자 확인 소송. 그러니까, 이게 너희들 자식이 맞는지 확인하는 소송이라고."

다들 입을 쩍 벌렸다.

"그런 게 가능합니까? 한 명도 아니고 여러 명인데?"

분명히 당사자, 그러니까 고소인은 한 명이다.

그런데 피고소인이 여러 명이라니?

"가능하지. 이건 민사잖아."

민사는 딱히 정해진 규칙이라는 게 없다.

물론 형태적 규칙이라는 것이 있기는 하지만 그건 진행에 관련된 사항이고, 어떤 건 민사로 들어갈 수 있고 어떤 건 들어갈 수 없다는 식의 분류는 없다.

"뭐, 터무니없으면 그쪽에서 기각시키기는 하는데."

하지만 그건 어디까지나 터무니없는, 즉 말도 안 되는 사항을 가지고 민사를 거는 경우에 관한 것이고, 변호사가 끼면 기각의 확률은 대폭 낮아진다.

"이건 기각 대상도 아니야."

민사는 한 건당 한 개의 사건으로 성립한다.

그리고 이 사건에서 소송은 일 대 다수가 아니라 일대일로 들어갔다.

"그러니까 법적으로는 하등 문제가 없다는 거지."

"그, 그런……."

양현수는 입을 쩍 벌렸다.

"그러니까 가 봐."

"형님!"

양현수는 그에게 매달렸다. 이 상황에서 믿을 수 있는 건 그밖에 없었다.

하지만 그는 단호했다.

"이건 민사! 난 경찰이니까 형사!"

"네?"

"야, 이 병신아. 내가 해 줄 수 있는 게 없다고! 꼴을 보아하니 사고 친 것 같은데, 저쪽에서 이렇게 들어올 정도면 내가 해 줄 수 있는 게 없어!"

"어, 어떻게 위에다가 줄이라도 대 주시면……."

경찰의 얼굴이 어이가 없다는 표정으로 변했다.

"이런 미친 새끼를 봤나. 야, 이 새끼야. 줄? 주울? 그래서 선 댄다고 치자. 내가 대 봐야 어디까지 댈 수 있을 것 같냐?
서장까지만 올라가도 기적이야. 설사 댄다고 해도, 서장이
판사한테 뭐라고 할 수 있을 것 같아? 그리고 그것만 해도
몇천 단위는 나올 텐데? 그 돈은 있어?"

"……."

"형사로 들어와서 무마해 주는 것도 아니고, 경찰은 민사
에서 어떻게 못 해. 거기에다가 자주 연결되어 있는 것도 아
닌데 그냥 일회용 청탁으로 판사에게 압력을 넣어 달라? 너
같으면 해 주겠냐?"

"……."

서장이 높은 직급이라고는 하나 아무리 그래도 판사보다
는 낮을 수밖에 없다. 더군다나 소속조차도 전혀 다르다.

그러니 그들이 아무리 부탁한다고 한들 서장이 민사를 무
마할 수는 없다.

"너희들이 무슨 사고를 쳤는지 모르겠지만…… 아니, 아
니, 말하지 마, 씨발."

경찰도 대충 눈치챘다.

친자 소송이 들어올 수 있는 사고라고 하면, 그리고 단체
로 걸린다고 하면 뭐가 있겠는가?

안 봐도 블루레이급이다.

"아가리 닥치고 다시는 여기 오지 마."

"혀, 형님?"

양현수의 목소리가 격하게 떨렸다.

"형님이라고도 하지 마, 이 씨발 새끼들아."

사실 형님이니 어쩌니 해도 그들이 경찰에게 해 줄 수 있는 건 없다. 가끔 놀러 가면 부킹이나 열심히 해 주는 수준인 거지.

그런 관계에 자기 커리어를 건다? 경찰도 바보는 아니다.

"하, 하지만……."

"오지도 말고 나한테 전화도 하지도 말고 아가리도 털지 마. 이거 나한테 형사로 사건 배당되면 나 너희들이랑 관계 있다고 기피 신청할 거야. 알아들어?"

그 말인즉슨, 괜시리 자신에게 떨어져 처리하다가 오해받아서 독박을 쓰니 아예 선을 끊어 버리겠다는 뜻이다.

"혀, 형님."

와들와들 떨어 대는 그들.

"형님이고 나발이고, 나 찾지 말라고. 아오, 이런 미친 새끼들."

그는 경찰 짬밥만 20년을 먹었다.

민사로 이런 게 이런 식으로 들어오는 것은 처음 보는 방법이기는 하지만 이게 어떤 사건인지 눈치채는 것은 어려운 일이 아니었다.

보통 형사를 먼저 하고 민사를 거는 수순을 많이 밟기는 하지만, 민사를 먼저 하고 그 과정에서 모은 증거를 들고 형사로 넘어오는 것 역시 불법은 아니니까.

'재수 없으면 좆 된다.'

그리고 직감적으로 이런 사건이 얼마나 고달파지는지 아는 그는 혹시라도 자신이 함께 연관될까 걱정이 앞섰다.

자신에게 배당되었는데 관계가 있다고 나중에라도 소문이 나면 자신이 양심을 걸고 철저하게 조사를 해도 사람들은 관계를 의심하기 때문이다.

'이럴 때는 아예 선을 그어 버리는 게 나아.'

득보다 실이 많은 일이다. 그러니 절대로 관련되고 싶지 않았다.

"꺼져, 이 새끼들아!"

그들은 형사에게 떠밀리듯이 바깥으로 끌려 나왔다.

쫓겨난 그들은 어쩔 수 없이 근처의 공원으로 향했다. 그리고 그곳에서 심각한 이야기를 하기 시작했다.

"어떤 새끼냐?"

양현수는 조용히 물었다.

자신이 이런 짓거리를 한두 해 해 본 게 아니다. 그런데 이렇게 걸렸다?

일단 자신의 자식은 아니다. 그렇다면…….

"어떤 새끼냐고."

서로 눈치를 보는 사람들.

양현수는 소리를 버럭 질렀다.

"어떤 새끼야, 이 새끼들아! 빨랑 안 불어? 지금 못 들었어? 어차피 걸릴 거라잖아! 여기 있는 새끼들 중 한 명일 거 아냐!"

그럴 수밖에 없다. 유전자를 피할 수는 없으니까.

물론 그런 일에 연관된 것도 아니고 관련도 없는데 소장을 받은 녀석도 있다.

하지만 그 녀석들은 자신의 파벌이 아니라서 이 경찰서에 같이 오지 않았다.

즉, 여기 있는 누군가가 사고를 쳤다는 뜻이다.

"야, 이 새끼들아! 빨랑 안 불어? 어? 나중에 털리고 싶어! 수습을 해야 할 거 아냐!"

소리를 버럭 지르는 양현수.

그러자 한 녀석이 쭈뼛거리면서 손을 들었다.

"아…… 아무래도 저 같아요."

"뭐? 김태만이 너라고?"

"그게…….."

김태만이라 불린 작자는 웨이터였다.

원래는 양현수의 새끼 웨이터부터 시작해서 정식 웨이터까지 올라오는 데 성공한 녀석이었다.

"하필이면 고무장갑이 떨어져서…….."

"야, 이 씨발…….."

양현수는 머리가 지끈거렸다.

고무장갑이란 콘돔을 뜻하는 은어다.

술에 취해서 꽐라가 되는 사람들은 많다. 그러니 항시 준비해 놓으라고 몇 번이나 말했건만……

"야, 이 미친 새끼야!"

지금까지는 콘돔을 쓰고 그 후에 꽐라가 된 여자를 다른 남자에게 넘김으로써 죄를 뒤집어씌우는 방식으로 어떤 증거도 남기지 않는 데 성공했다. 걸려도 강간의 흔적은 데리고 간 남자가 뒤집어썼으니까.

그런데 유전자는 빼도 박도 못하게 되는 상황.

"죄송해요. 다급해서…… 그만."

"아무리 그래도 그렇지, 빌려 달라고도 못 하냐!"

"그랬다가는 걸릴까 봐……."

"아, 이 미친 새끼."

양현수는 김태만을 보면서 이를 박박 갈았다.

"혹시 장갑 안 쓴 새끼 또 있어?"

혹시나 하는 마음에 물어보는 양현수.

하지만 대답하는 놈은 없었다.

그 말인즉슨, 임신시킨 것은 김태만이라는 뜻이다.

"어, 어쩌죠?"

"하아, 씨발……."

양현수는 김태만을 노려보았다.

임신시킨 게 김태만이 맞다면 이번 검사에서 걸릴 것이다.

그리고…….

'씨발…… 어쩌지?'

경찰에서는 그걸 가지고 조사에 들어갈 테고, 그러면 자신들이 안 엮일 수가 없다.

결과적으로, 그 전에 어떻게 해서든 막아야 한다는 뜻이다.

"아오, 씨발……."

양현수는 머리를 잡고 부들부들 떨기 시작했다.

의리는 없다

"소주미 씨는 어때?"

"아직은 괜찮아. 경호원들도 잘 따라다니고 있고."

"주변은?"

"뭐, 의심스럽기는 하지."

손채림은 노형진의 질문에 대답하면서 서류를 건넸다.

이번 사건에 관련된 경비 처리 서류였다.

"경호원들이 티가 나지 않게 따라다니고 있는데, 미행하는 남자들이 생겼다고 하더라고. 네가 말한 대로."

마음 같아서는 새론의 경호 팀을 붙이고 싶었지만 그러기에는 인력이 부족했다.

저쪽에서 얼마나 많은 사람을 쓸지 모르기 때문에 더 많은 사람을 붙여야 했고, 그래서 전문 경호 팀에게 원거리 경호를 맡겼다.

물론 가해자인 하수교는 그 돈도 내야 해서 징징거렸지만 말이다.

"그럴 줄 알았지."

"어떻게 안 거야?"

"글쎄, 직감이랄까. 그 녀석들도 바보는 아닐 거 아냐?"

"그렇지."

"그러니까 어떻게 해서든 사건을 수습하려고 하겠지."

노형진은 피식 웃으면서 서류에 도장을 꽝 찍었다.

어차피 자기 돈이 아니니까.

"우리 예상이 맞는다면, 그들은 어떻게 해서든 피해자가 소를 취하하게 해야 해. 그런데 그러자고 자신들이 찾아간다면 어떻게 되겠어?"

"자기들이 강간했다는 것을 증명하는 셈이지."

자신들이 당당하다면 찾아가지 못할 이유가 없다.

당당하지 못하니까 못 찾아가는 것이다.

"그러면 남은 건 두 가지뿐이거든. 강간한 놈이 독박을 쓰거나, 검사 대상을 지우거나."

"헐, 미친. 설마 소주미 씨를 죽이겠다는 거야?"

"그건 아닐 거야. 살인을 그렇게 쉽게 할 수 있는 것도 아니고."

"그러면 전자?"

"그것도 아니야."

아직 유전자 검사 전이니 자신들은 범인이 누군지 모른다.

하지만 누구이든간에, 자신이 독박을 쓰고 감옥을 가려고 하지는 않을 것이다.

"걸린 새끼가 입을 나불거릴 가능성도 있고, 반대로 그걸 이유로 돈을 요구할 수도 있어. 그러니 그들의 입장에서는 그 녀석이 모든 죄를 뒤집어쓰고 감방에 간다는 걸 믿을 수 없지."

"그런가?"

"그래. 하물며 그들은 조폭도 아니야."

의리를 중시하는 조폭도 아니다.

말로는 의리 어쩌고 하면서도 조폭은 배신을 밥 먹듯이 한다. 그들도 그럴진대, 양아치 출신 웨이터들이 과연 의리를 위해서 감옥에 조용히 갔다 올까?

"더군다나 감옥 가기 전에 웨이터를 했던 강간 범죄자를 누가 써 주겠어?"

"하긴."

당연히 그는 독박을 쓰지 않으려고 할 것이다.

설사 자신이 모든 책임을 지고 갔다 온다고 해도 다른 웨이터들이 그를 위해서 돈을 주거나 하지는 않을 테니까.

"그러면 소주미 씨를 죽이는 방법뿐이잖아?"

"그거 말고 다른 걸 노리겠지."

"다른 거?"

"소주미 씨가 임신한 상태라고 알고 있으니까. 그 상황에서는 작은 충격에도 예민하거든."

"그런가?

"그래. 소주미 씨를 죽이지는 못해도 사산은 시킬 수 있지."

"그걸 노리는 거야?"

"아마도."

"바보 아냐?"

손채림은 어이가 없다는 표정이 되었다.

한국은 기본적으로 낙태가 불법이다.

그러나 몇몇 사유에 대해서는 낙태를 허가한다. 그리고 그 사유 중 하나가 바로 강간으로 인한 임신이다.

강간당해서 정신적 충격까지 받았는데 자신을 강간한 남자의 자식을 키우고 싶어 하는 여자는 없을 테니까.

물론 낙태가 기본적으로 나쁜 행동이라는 것은 알지만 그렇다고 여자의 일생을 버릴 수는 없지 않은가?

당연히 소주미도 낙태를 한 상황일 수밖에 없다.

설사 아직 낙태를 하지 않은 상황이라고 해도, 지금은 기술이 발달해서 유전자 검사를 하기 위해 과거처럼 태어나기까지 기다릴 필요도 없다.

양수 검사만으로 유전자 비교에 필요한 유전정보를 얻을

수 있는 상황인 것이다.

그러니 충격으로 사산시킨다고 검사를 못 하는 건 아니다.

"그걸 알지 못하니까."

"응?"

"저 녀석들은 그런 걸 모르잖아. 그러니까 사산하면 유전자 검사를 하지 못할 거라고 생각하는 거지."

"그렇지만……."

사산을 한다고 해도 아이의 시신은 남아 있을 수밖에 없다. 그러니 유전자 검사를 하는 것은 불가능한 일이 아니다.

물론 태어나지도 못한 아이의 죽음이 안타까운 것은 어쩔 수 없지만.

"망할 놈들."

"그래서 강간은 살인이라는 거야."

여성에 대한 정신적 살인일 뿐만 아니라, 정상적인 관계였다면 태어났을 수도 있는 아이에 대한 실제적 살인을 유도하는 형태가 되어 버리는 일종의 살인 교사 같은 것.

그게 바로 강간이다.

"그러면 어쩔 거야? 그냥 둬?"

"아니, 그럴 리가."

"그럼?"

"경호 회사를 바꿔야지."

"뭐?"

당황스러운 말에 손채림은 다시 한 번 되물을 수밖에 없었다.

"경호 회사를 바꾸자고?"

"그래."

"저들이 잘못한 거 있어? 저들도 제법 유명한 곳인데."

지금 소주미를 경호하는 곳은 상당한 실력을 가진 전문 경호 회사다.

그런데 경호 회사를 바꾸자니?

"숫자가 부족해서 그래? 하지만 저 정도면 어쭙잖은 녀석들이 덤벼도 충분히 지킬 수 있을 것 같은데?"

원거리 경호라고 하지만 세 명이나 있고, 그들은 각각 무술 합이 7단이 넘는 고수들이다. 게다가 접이식 3단 봉을 두 개씩 소지하기도 했다.

대여섯 정도 되는 남자들은 혼자서도 충분히 제압할 수 있는 수준.

"그건 알아. 하지만 우리가 고용할 경호 회사는 좀 달라."

"응?"

"저들은 오는 녀석만 때려 주지만, 우리가 새로 고용할 경호 회사는 먼저 가서 때려 줄 거거든."

"그게 무슨 말도 안 되는 소리야?"

경호는 말 그대로 지킨다는 뜻이다. 그건 선제공격이 인정되지 않는 행동이다.

그런데 먼저 가서 때려 준다니?

"네가 가지고 온 서류, 기억해?"

"응? 무슨 서류?"

"나이트클럽에 관련된 조사 서류."

"그거야 기억하지…… 아하!"

손채림은 그 내용을 대충 기억해 낼 수 있었다.

그리고 노형진이 노리는 게 뭔지 한 번에 알아챌 수 있었다.

"그건 생각도 못 했는데? 그들 편이라고 생각했거든."

"엄밀하게 말하면 그들 편은 아니지. 모른 척을 했을지는 모르지만 말이야. 알잖아, 의리라는 거 없다는 거?"

"암, 의리는 없지."

노형진은 피식 웃었다.

⚖

"경호 잘 부탁드립니다."

"그럼요."

와이월드의 대표 이직성은 웃으면서 계약서에 사인했다. 그리고 사진을 건네받았다.

"아까도 말씀드렸다시피 이건 비밀 경호입니다. 그러니 당사자에게 절대로 걸려서는 안 됩니다. 원거리 경호가 기본입니다."

"걱정하지 마세요. 우리 와이월드는 뭐든 할 수 있습니다."

"그러면 잘 부탁드립니다."

노형진은 웃으면서 악수한 뒤 자리에서 일어났다.

"식사라도 하고 가시지요."

"바빠서요."

"아, 네."

"그러면 전 이만."

노형진이 나가고 난 후 이직성은 웃으면서 사진을 바라봤다.

"이 여자란 말이지. 캬, 곱게도 생겼네."

"형님 따까리로 삼아도 되겠는데요?"

"무슨 소리야? 의뢰인이야, 의뢰인."

"의뢰인으로만 끝나라는 법도 없지 않습니까? 뭐, 만나다 보면 정드는 게 남녀 아닙니까?"

"그런 거지, 흐흐흐. 아, 안 되겠구나. 원거리 경호네. 아깝네."

이직성은 말하면서 다시 한 번 사진을 바라보았다.

그 사진에 있는 사람은 다름 아닌 소주미였다.

"애들 풀까요?"

"얌마, 애들이 뭐냐! 경호관!"

"아, 맞다, 경호관. 몇이나 대령할까요?"

"네 명 정도 붙여 줘. 노는 애들 있지?"

"그럼요."

폭력 조직이 음지에서 양지로 나오고자 노력한 지는 오래

되었다. 그리고 그들이 그런 방식으로 가장 많이 세우는 기업이 바로 나이트클럽과 경호 회사였다.

와이월드는 그런 경호 회사 중 하나였다.

사실 경호원 자격증을 따는 것은 어려운 일이 아니다.

사람들은 경호원 자격증을 따려면 어마어마한 고생을 해야 한다고 생각하지만 그렇게 어렵지 않다.

물론 진짜 제대로 된 경호원이 되기 위해서는 자격증도 필요하고 또 무술 실력도 필요하다. 하지만 대충 민간 자격증을 얻어 내는 것은 어려운 게 아니다.

그리고 이런 곳은 대부분 그런 걸 가지고 경호 업무를 한다.

물론 대부분의 업무는 경호보다는 강제 철거이나 용역 쪽에 맞춰져 있기는 하지만, 진짜 경호 업무를 하지 말라는 법은 없다.

"실수하지 마라. 이번 손님은 큰손님이야."

"암요."

법무 법인 새론.

아무리 무식한 조폭이라고 해도 그 이름을 모르지는 않는다.

잘만 하면 계속 일거리를 따낼 수도 있기 때문에 그들은 이번 일을 잘해야 한다고 생각했다.

"어중이떠중이 말고 제대로 쓸 만한 새끼로 보내."

"그러면 망태가 좋은데, 그 새끼가 티도 안 나고. 그런데 지금은 다른 쪽 일을 하는데요?"

"망태? 얌마, 그러면 바꾸면 되지. 어차피 지금 그쪽은 중삐리 꼬꼬마 상대 아냐? 일진 새끼 막는 데 무슨 망태까지 보내?"

"하긴."

"망태 빼서 여기로 보내고 넙치를 그쪽으로 보내. 꼬꼬마 새끼들이 뭐 있냐. 덩치만 있으면 쫄아서 접근도 안 할 텐데."

"맞는 말이네요."

망태는 상대적으로 체구가 작고 빠른 타입이다. 그래서 접근하지 않고 원거리에서 경호하기에는 딱이다.

넙치는 말 그대로 덩어리, 즉 몸빵 하는 녀석으로, '나는 조직입니다.'라는 분위기를 풀풀 날리는 쪽이다. 물론 생초짜이지만.

'중삐리 새끼들이면 차라리 그게 더 나을지도.'

학교에서 괴롭히는 일진들을 막아 내는 임무는 어려운 게 아니다.

어떤 면에서는 중삐리들에게는 그렇게 존재감 어필하는 쪽이 더 나을지도 모른다. 덩치만 보고 쫄아서 다시는 귀찮게 하지 않을 테니까.

"빨리 바꿔라."

"네, 형님."

두둑하게 들어올 현금을 생각하면서 이직성은 미소를 지

었다.

⚖️

'뭐야, 저 새끼들?'

망태는 원거리에서 스윽 주변을 보면서 걷고 있었다.

원거리 경호라고 해 봐야 별거 없다. 그냥 추적, 아니 미행과 비슷하다.

다행히 망태는 외모가 튀는 것도, 그렇다고 체구가 큰 것도 아니다. 작고 민첩한 타입인 데다가 외모는 수더분하게 생겨서 누구도 쉽게 의심하지 않는다.

그래서 원거리 경호는 그다지 어려운 게 아니었다.

그리고 그렇게 원거리 경호를 하다 보면 주변이 눈에 들어오기 마련이다.

그럴 수밖에 없다.

근처에서 움직이면서 딱 그 본인만 지키는 것은 원거리 경호가 아니다. 원거리 경호의 기본은 주변 감시니까.

그런 그의 눈에 자꾸 밟히는 놈들이 있었다.

'저 새끼…… 어디서 봤는데…….'

자신의 의뢰인을 지켜보는 녀석들.

그들은 자신과 눈을 마주치자 모른 척 눈을 돌렸는데, 아무리 봐도 어디서 본 기억이 있었다.

그런데 아무리 생각해도 그들이 누군지 기억이 안 났다.

'누구지?'

다른 조직인가 했지만 그것도 아니다.

다른 조직이 자신을 노리는 거라면 소주미를 경호할 때만 따라다닐 리 없다.

더군다나 이런 벌건 대낮에 자신을 따라다니기에는 위험 부담도 크다.

'거기에다 지금은 전쟁 중도 아닌데.'

폭력 조직이라고 해서 매일같이 항쟁으로 날밤 새우는 것은 아니다. 특별한 일이 없는 한 그들은 평화 상태를 유지한다.

그러니 자신을 따라다닐 이유도 없다.

'꼴을 보아하니 조직원은 아닌 것 같고.'

결국 그들이 누군지 알아보지 못한 망태는 경호 대상이 수업에 들어가자 다른 팀원들을 불렀다.

한국에서 저격 같은 일이 벌어지지는 않을 테니까.

"야, 이 새끼들 알아?"

그는 몰래 찍은 핸드폰 사진으로 그들이 누군지 아는 녀석이 있는지 물어보았다.

하지만 대부분은 모른다는 얼굴이었다.

"저도 잘······."

"누군데요? 잘 모르겠는데. 경쟁 조직인가요?"

"착각인가?"

대답하지 못하는 그들을 보면서 망태는 자신이 착각한 건가 하는 생각을 했다. 그런데 그중 한 명이 그 사진들을 계속 넘기면서 뭔가 유심하게 생각하고 있었다.

"알아?"

"어…… 정확하지는 않은데요, 형님. 이 새끼들, 나이트 애들 같은데요?"

"나이트?"

"네."

"조직원? 아니, 그럴 리 없는데."

조직에 나이트가 있기는 하다. 그리고 자신이 경호 업체에서 일하는 것처럼 그곳을 관리하는 애들 역시 따로 있다.

하지만 아무리 그래도 같은 조직원인데 자신이 모를 리는 없지 않은가?

"에이, 그럴 리가요. 이 새끼들, 웨이터랑 그 새끼 웨이터들이에요."

"웨이터? 새끼 웨이터? 그 새끼들이 왜 우리를 따라다녀?"

"글쎄요."

말도 안 된다.

자신들을 기습해서 공격한다? 그럴 이유가 없다.

미치지 않고서야 고작 웨이터들 따위가 그럴 리 없다.

"혹시 우리가 아니라 저 여자를 따라다니는 거 아니에요?"

"응?"

"그렇잖아요. 뭔가 지키라고 보내진 건데, 저 여자가 아니면 저 새끼들이 따라다닐 이유가 없는데."

망태는 등골이 서늘했다.

"야, 나 간다."

"네? 하지만 형님, 집 갈 때까지 경호는요?"

"씨발, 지금 그게 문제냐? 너희들끼리 해. 설마 나이트 삐끼 새끼들한테 지지는 않을 거 아냐."

그는 왠지 일이 단단히 잘못되어 가고 있다는 것을 느끼면서 서둘러서 사무실로 돌아갔다.

♎

망태와 같이 있는 이직성의 얼굴은 심각했다.

"씨발, 그 새끼들이 왜 붙은 거지?"

경호 대상을 따라다니는 새끼들이 자기 나이트 웨이터라는 사실은 처음 알았기 때문이다.

"모르죠. 그 새끼들, 우리 몰래 뭔 짓거리를 하는 것 같은데."

"뭐 들은 거 없냐?"

"아시잖아요, 저는 그쪽 아닌 거."

"그렇기는 하지."

물론 조직 소속의 나이트이다 보니 몇 번 가서 술을 먹은 적은 있다. 그래서 그들 중 몇몇의 얼굴이 눈에 익은 거고.

하지만 자기가 관리하는 곳도 아닌지라 사정은 전혀 모른다.

"그쪽 애들은 뭐 아는 거 없대요?"

"모르던데."

"네?"

"모른다고, 씨발. 저 새끼들, 왜 저러는 거야?"

자신도 모르는 사이에 자신과 나이트가 엮였다는 생각에 불안감을 감추지 못하는 이직성.

때마침 문이 열리더니 노형진이 들어왔다.

"아, 노 변호사님!"

"오래 기다리셨습니까? 죄송합니다. 길이 막혀서요."

"아닙니다. 이쪽은 경호 담당자인 망…… 우서만이라고 합니다."

"반갑습니다."

노형진은 그가 누군지 안다. 그렇지만 모른 척했다.

자신은 여기에 관해서 전혀 모르는 것으로 해야 하니까.

"그런데 어쩐 일로 저를 급하게 부르신 건지?"

"아, 다름이 아니라, 우서만이 의심스러운 녀석들을 발견해서요."

"그래서 경호를 맡긴 거 아닙니까? 그런 건 사전에 말씀드렸습니다만? 더군다나 그런 보고는 전화로 해도 될 텐데요."

그거 맞는 말이다.

하지만 왠지 찝찝했던 이직성은 노형진에게 직접 사건의

전말을 들어야 했다.

"아무래도 상대방에 대해서 알아야 좀 더 확실히 경호가 가능할 것 같아서요. 저 녀석들 무장이 어떤지라도 알아야 방검복이라도 준비하지요."

"흠……."

노형진은 잠깐 고민하더니 고개를 끄덕거렸다.

"이해했습니다. 확실히 그런 건 문제이기도 하죠. 숫자가 적은 것도 아닐 테고."

"맞습니다. 그래서 다급하게 와 달라고 말씀해 드린 겁니다."

"간단하게 말씀드리지요. 그 녀석들, 나이트클럽 웨이터입니다."

"그런데요?"

"그 녀석들이 보호 대상을 집단 강간했습니다."

이직성은 뒤통수가 지끈거렸다.

'아오, 씨발. 잘못 엮였다.'

웨이터인데 집단 강간을 했다.

나이트 운영만 몇 년을 한 이직성이 그들이 무슨 짓을 한 건지 모를 리 없다.

"그런가요."

애써 모른 척하면서 웃는 이직성.

하지만 그의 속은 까맣게 타고 있었다.

"그래서 사건을 조사 중입니다. 그 배후에 누가 있는지 몰라서요. 아무래도 공범이 있을지도 모르니까요. 그들의 공격을 막기 위해서 경호를 맡긴 겁니다."

"그렇군요."

그런데 하필이면 그 일이 자신들에 떨어지다니.

'아니다. 어쩌면 지금은 하늘이 내린 기회다. 씨발…… 만약 이게 다른 곳으로 갔으면…….'

자신들은 대응할 방법도 못 찾고 쓸려 나갔을 것이다.

"그러면 언제까지 경호해야 하나요?"

일단 중요한 것은 이 사건이 언제 끝나는지다.

이직성은 그걸 돌려서 물어보았다.

물론 노형진은 그 부분에 대해서 대답을 준비해 왔다.

"기자회견이 끝날 때쯤이면 될 것 같습니다."

"네?"

"현재 조사가 어느 정도 진행되었고, 관련 사건에 대해서 기자회견이 이루어질 예정입니다. 그 후에는 가해자들이 감옥을 갈 테니까 그때까지만 좀 부탁드립니다."

노형진은 간단한 부탁을 하는 얼굴이었지만, 이직성과 망태는 손과 발이 부들부들 떨리고 있었다.

⚖

"아오, 씨발! 이 개새끼들! 이 씨팔 놈들!"

이직성은 흥분을 감추지 못했다.

그 앞에는 망태와 나이트를 관리하는 여치까지 들어와서 심각한 얼굴을 하고 있었다.

"여치 너 이 새끼! 제대로 관리 못 해!"

"죄송합니다."

여치는 고개를 들 수가 없었다.

서로 아는 처지라 모른 척해 준 것이 이 사달을 만들 줄은 몰랐던 것이다.

'망했다.'

일이 이렇게 커졌으니 자신은 방출당하지 않으면 다행인 처지라 고개를 들 수가 없었다.

"형님, 지금은 화내는 게 중요한 게 아닙니다. 이거 기자 회견 하면 우리 망합니다."

"알아! 안다고, 씨발! 나도 콘크리트 신발 신기 싫어! 근데 어떻게 막아!"

이를 박박 가는 이직성.

그럴 수밖에 없는 게, 폭력 조직을 운영하는 데에는 적지 않은 돈이 든다.

과거처럼 자릿세를 뜯어내는 것은 위험하다.

그래서 보통은 주류 유통과 나이트클럽 등지를 통해서 돈을 버는데 그중에서도 돈이 되는 곳, 특히 현금이 잘 나오는 곳은 나이트다.

주류 유통은 생각보다 세금이 강하고 또 세금 추적도 잘되는 구조라 큰돈이 안 되기 때문이다.

그런데 이 상황이 새어 나간다면…….

"씨발…… 나이트 날아가게 생겼네."

어떤 미친 여자가 직원들이 집단 강간을 한 나이트를 오겠는가? 그리고 어떤 남자가 여자가 오지 않는 나이트를 오겠는가?

당연히 나이트는 망할 것이다.

그리고 자신들의 현금 줄은 막힐 테고.

'그러면…… 애들에게 돈도 못 주는데.'

의리고 나발이고, 폭력 조직을 지탱하는 데 필요한 건 돈이다.

특히 하위직, 그러니까 몸빵 하거나 직접 뛰는 놈들은 돈이 없으면 바로 다른 조직으로 가 버린다.

과거처럼 형님만 믿고 간다며 라면 끓여 먹으면서 사는 애들이 아니다.

화려한 폭력 조직의 세계를 보고 동경해서 온 녀석들이 대부분인지라 그들의 의리는 돈에 기반한다.

'그러면…….'

그들도 기반이 이 지역에 있으니 자기들에게서 이탈하면 이 지역 조직에 들어갈 텐데, 그러면 자신들은 줄어들고 다른 조직은 커진다.

더군다나 그들이 가지고 가는 정보까지 있을 테니……

"이대로는 균형이 깨집니다."

"알아. 안다고."

균형이 깨진다.

정확하게는, 자신들은 확실하게 밀린다.

그 후에 남은 것은 모가지가 따이든가, 콘크리트 신발 신고 어디 바닷속에 던져지든가, 푸줏간 고기처럼 부위별로 팔리든가다.

"씨발……"

절대로 작은 일이 아니다.

그러니 어떻게 해서든 입을 막아야 한다.

"어떻게 막죠? 여자를 담글까요?"

여치의 말에 이직성은 그를 무섭게 노려보았다.

'저 새끼, 쳐 낸다. 쳐 내고 만다.'

이 지경에 이르도록 눈치도 못 챈 것도 문제인데 해결 방안도 대책 없을 정도로 눈치없다.

"야, 이 새끼야."

"네, 형님."

"우리가 경호 의뢰 받은 거 몰라? 경호하는 회사가 경호 대상을 담그면 꼴이 어떻게 되냐, 이 씨발 놈아?"

"아……"

"기자들이 아주 좋아할 겁니다."

망태는 자기의 자리를 확실하게 하기 위해서 슬쩍 지적해 줬다.

그리고 그게 틀린 말이 아니다.

경호원이 경호 대상을 죽인다?

"전 나라가 우리를 꼴아 볼 거다."

살인은 흔하지만 경호 기업이 살인하는 것은 재미있는 소재다. 그러니 언론사가 물어뜯을 테고, 그 후에 짭새가 붙을 테고, 그 후에는 조직이 작살날 것이다.

"저런 멍청한 새끼를 행동대장이라고…….."

"…….."

"형님, 일단은 피해자 측과 접촉하는 게 좋지 않겠습니까?"

"뭐?"

"몇억이든 주고 입을 다물게 해야지요. 안 그러면 망합니다."

"끄응…….."

"적당한 변호사 하나 사서 보냅시다. 나이트 쪽이라고 말하면서, 사과하고 보상할 테니 기자회견만은 말아 달라고."

"방법은 그것뿐인가?"

"다른 방법이 없습니다. 기자회견 한번 하면 우리 끝장납니다."

"끄응…….."

전부를 잃어버리는 것보다는 일부를 잃어버리는 게 정답이다.

당연히 그들이 선택할 수 있는 카드는 하나뿐이었다.

"양 변호사한테 전화 넣어. 일단 우리는 그 사건 모른 거라고 하고, 사과의 의미로 좀 찔러봐."

"네, 형님."

"얼마나 넣어야 하지? 큰 거 한 장이면 되려나?"

"우리 나이트 규모를 생각하셔야지요. 그걸 가지고 가면 누구 놀리냐고 할 겁니다."

"끄응⋯⋯."

결국 생각지도 못한 큰돈이 나가게 생긴 이직성은 손이 부들부들 떨렸다.

"이건 이거고, 뒷수습도 해야 합니다."

"뒷수습?"

"그냥 두실 겁니까?"

망태의 말.

그리고 이직성은 그게 무슨 뜻인지 알아차렸다.

"야, 여치!"

"네, 형님."

"너, 나이트에서 손 떼!"

"⋯⋯."

여치는 한마디도 할 수가 없었다.

예상했던 일이었다.

"당장이라도 파묻어 버리고 싶은데 이 바닥에서 같이 살아온 시간이 있으니 이번만 봐준다. 한 3년 근신해."

"죄송합니다, 형님."

"죄송이고 나발이고, 이번만 기회 주는 거야. 그리고, 알지?"

"네."

여치는 주먹을 꾸욱 쥐었다.

지금까지 들었으니 그가 요구하는 게 뭔지 모를 리 없었다.

"바로 움직이겠습니다."

"이…… 이 돈을 받아도 되는 겁니까?"

노형진의 앞에 있는 소주미의 아버지는 손을 부들부들 떨었다.

10억. 그것도 현금으로 말이다.

"네, 받아도 됩니다. 이 돈이면 따님의 정신적 치료비는 충분할 겁니다."

"하, 하지만……."

얼마 전 나이트클럽에서 변호사가 찾아왔다.

자신들은 그곳에서 벌어진 사건을 몰랐다면서, 사죄하고 싶다고 말이다.

하긴 모를 수밖에 없다.

경찰 쪽에는 아직 그 웨이터들에 대한 형사 고소가 들어가지 않았고, 민사는 그 웨이터들의 집으로 발송했으니 그들이 나이트에 말하지 않은 이상에야 알 수가 없다.

"받아도 됩니다."

"하지만……."

이를 악무는 소주미의 아버지.

혹시나 이걸 받고 범인들을 놔 달라는 말을 하려는 것이라면 받을 생각이 없었다.

그러나 노형진 역시 그럴 생각은 없었다.

"그럴 일 없습니다. 범인은 자수할 겁니다."

"네? 자수라니요?"

"그럴 수밖에 없는 상황이니까요. 그러니 걱정하지 마세요."

"하지만……."

그는 왠지 그 돈에 선뜻 손을 대지 못했다.

그리고 노형진은 그의 마음을 충분히 이해했다.

"이 돈은 따님을 팔아서 번 돈이 아닙니다."

대한민국은 철저한 가해자 위주다.

그래서 이런 일이 있으면 돈독이 올랐다고, 딸 팔아서 합의금 장사한다고 주변에서 욕하는 놈들이 많다.

그렇다 보니 부모들은 이 돈 때문에 딸 팔았다는 소리 들을까 봐, 그리고 진짜 그런 게 아닌지 하는 두려움이 생겨 그 죄책감에 합의금을 받지 못하는 경우도 많다.

하지만 노형진은 그렇게 생각하지 않았다.

"그놈들은 소주미 씨의 인생을 망가트렸습니다. 인간의

가치는 돈으로 환산할 수 없습니다. 최저임금으로 그들의 인생을 살 수는 없듯이 말입니다."

"……."

"이 돈은 따님을 팔아서 번 돈이 아니라 따님의 미래를 위해서 받아야만 하는 돈입니다. 이 돈으로 따님의 정신적, 육체적 치료를 해야 합니다. 돈만으로 해결할 수는 없겠지만요."

고민하던 소주미의 아버지는 침을 꿀꺽 삼키더니 고개를 끄덕거렸다.

"알겠습니다. 제 딸을 위해서, 주변에서 욕하더라도 받겠습니다."

"잘 생각하셨습니다. 그리고 애초에 주변에서 욕할 이유가 없지요. 철저하게 비밀로 받은 돈인데."

"그렇군요. 아, 그런데 그 말은 뭡니까? 기자회견만은 말아 달라니?"

"아, 그거요?"

노형진은 간단하게 자신이 그들에게 건 장난질을 설명했다.

그러자 그 말을 들은 그는 자신도 모르게 '허.' 하고 탄성을 질렀다.

"왜 그렇게 복잡하게……?"

"우리가 직접적으로 나이트에 요구하면 그건 협박이 되거든요."

"네? 협박요?"

"네."

어떤 식으로든 피해를 줄 수 있다고 말을 하면서 배상하라고 하는 것은 협박이다. 그러니 그건 할 수 없다.

"하지만 이건 아니지요."

자신들은 아무런 말도 하지 않았고, 저들이 알아서 준 돈이다.

협박도 아니고, 합의금도 아니다.

"철저하게 비밀이 지켜지는 돈이지요."

즉, 누구도 모르는 돈이라는 뜻이다.

"돈이 있으면 파리가 꼬이니까요."

"그렇군요……. 그 부분은 생각하지 못했습니다."

물론 당당하게 요구했다고 해도 10억은 받을 수 있을 것이다.

협박이라고 해도 나이트에서 신고할 수는 없으니까.

'하지만 파리가 꼬이지.'

돈이 있으면 별별 파리가 다 꼬이는 법이다.

그리고 그 파리들은 어떻게 돈을 뜯어먹으려고 하려다가 못 뜯어먹으면 헛소리를 하기 시작한다.

돈독이 올랐다는 말부터, 딸을 팔아먹었다는 개소리까지.

'하지만 이건 아니지.'

철저하게 아무도 모르는 돈이다.

나이트에서도 그러기 위해서 준 돈이니 어디에 가서 말하지도 않을 테고, 누가 받았다는 것도 모른다.

피해자 가족들의 2차 피해를 완벽하게 막아 낼 수 있다는 뜻이다.

"그럼 기자회견은?"

"제가 미쳤습니까? 피해자를 기자회견에 세울 리 없지요."

가뜩이나 정신적으로 불안정한 피해자를 기자들 앞에 세울 이유가 없다.

애초에 세울 이유도 안 된다.

말 그대로, 뻥카로 뜯어낸 돈인 셈이었다.

"일단 이 부분은 걱정하지 마세요."

"감사합니다."

"다만 제가 작은 부탁을 드려도 될까요?"

"부탁이라 하시면?"

"종교가 무엇이신지는 모르겠지만 태어나지 못한 아이를 위해서 작은 위로라도 해 주셨으면 합니다. 기도를 해도 좋고, 천도제를 지내도 좋고요. 누군가는 미신이라고 할지도 모르지만, 그 아이는 태어날 기회를 잃었습니다."

노형진이 원하는 바를 알아챈 소주미의 아버지는 고개를 끄덕거렸다.

안 그래도 자신도 영 마음이 불편하기는 했다. 아무리 범죄로 인한 씨앗이라고 해도 생명이 아닌가?

"알아보도록 하겠습니다."

"감사합니다."

"그런데 그 녀석들이 자수한다는 건 어떻게 아시는 겁니까?"

"자기들도 살고는 싶겠지요."

"에?"

"헉헉헉헉."

양현수는 열심히 뛰고 있었다. 뛸 수밖에 없었다.

출근하려고 했는데 자신을 찾아온 조직원들.

'씨팔……'

조직원들의 입장에서는 그저 나이트의 웨이터일 뿐이지만, 웨이터들에게 조직원들은 공포의 대상이다. 잘못 건드리면 한두 대 맞는 걸로는 끝나지 않기 때문에 그들의 얼굴을 외우고 있었다.

그리고 그게 그를 살렸다.

입구에서 자신을 기다리던 그들을 본 그가 할 수 있는 일은 담을 넘어서 도망가는 것뿐이다.

띠리링. 그때 걸려 온 전화.

양현수는 주변을 두리번거리다가 아무도 없는 걸 알고는 전화를 받았다.

─형님!

전화기 너머에서 들려온 목소리.

그건 자신과 일하던 웨이터 중 한 명이었다.

친하기는 하지만, 자기 파벌도 아니고 양심적인 놈이라 즐길 때에는 부르지 않는 녀석이었다.

"왜 전화질이야!"

말은 그렇게 했지만 그가 무슨 말을 할지, 양현수는 심장이 떨려 왔다.

—형님, 뭔 일 있어요? 지금 애들이 형님 찾고 난리도 아니에요. 오늘 영업도 안 한대요.

"뭐?"

오늘은 금요일이다.

불금이라는 말이 있을 만큼, 오늘 매상은 결코 적지 않다. 그런데 영업을 안 해?

—애들 다 풀어서 형님이랑 안 온 애들 찾아낸다고 난리예요.

"안 온 애들?"

—네! 몇 놈이 오자마자 끌려 나갔어요. 지금 분위기 살벌해요. 위에서도 말도 안 해 주고.

"으음……."

—도대체 무슨 일을 저지른 거예요? 당장 데리고 오라고 난리예요. 형님 때문에 10억이나 손해 봤다면서.

"10억? 무슨 10억!"

—저도 모르죠. 도대체 무슨……. 아, 당장 모이라고 하네요. 일이 제대로 터졌나 본데.

"야, 그래서?"

-모르겠어요. 당장 웨이터들이랑 다 모이라고 난리라서. 저 나가 볼게요.

다급하게 전화가 끊어지자 양현수는 정신이 아득했다.

'이런, 씨발……'

10억이 뭔 소리인지는 모르겠지만 중요한 건 그들이 손해를 봤다는 것이다. 그것도 10억을 말이다.

그 손해를 그냥 넘어가면 조폭이 아니다. 그러니 당연히 어떤 방식으로든 그 손해를 메꾸려고 할 것이다.

'그리고 그 방식은……'

아마도 자신에게는 아주 좋지 않은 방식이 될 것이다.

그는 정신이 아득했다.

'가서 빌어?'

빈다고 될 게 아니다.

더군다나 10억이란다, 10억.

아니, 오늘 영업을 안 한다고 했으니 오늘 수입까지 생각하면 3천만 원 정도 더 손해가 발생한다.

결과적으로 자신들이 할 수 있는 것은 없다.

"씨발……"

양현수는 떨리는 손으로 전화기를 들어서 김태만에게 전화를 걸었다.

상대방은 상당한 시간이 지난 후에야 받았다.

-형님!

"너 아직 안 잡혔냐?"

-뛰는 중입니다. 형님은요?

"씨발, 나도 뛰고 있는데 어떻게 하냐?"

-저도 모르겠습니다. 지금 나이트에서 전화 왔는데 난장판이래요.

"나도 그래. 들어가면 죽어, 씨발. 다른 애새끼들은 다 끌려갔대."

그들은 정신이 아득해졌다.

물론 현장에서는 도망칠 수 있다. 하지만 어디로 도망간단 말인가?

집도 재산도 차도 예금도 모조리 다 집에 두고 나왔다.

말 그대로 몸만 나온 상황.

본가? 그들은 자신들의 주민번호부터 본가 주소까지 다 안다.

"잡히면 우리는 다 죽어. 10억이나 손해 봤다고 난리래!"

-저도 들었어요! 피해자 년이 기자회견 한다고 해서 입 다물게 하느라고 쥤대요.

"뭐라고!"

그제야 상황을 알아챈 양현수는 자신도 모르게 휘청거렸다.

기자회견이라니. 그게 나갔다면……

어쩐지 자신들을 악착같이 잡으려고 한다더니.

-어쩌죠? 어디로 튀죠? 해외로 튈까요?

"너, 돈이나 있냐?"

─…….

물론 현금카드는 있다. 하지만 그걸로 돈을 찾는 순간 자신들의 행적이 드러난다.

폭력 조직이 자신들 하나 찾지 못할 리 없지 않은가?

─일단은 지방으로…….

그 순간 뒤에서 들리는 목소리!

"저기 있다!"

"잡아!"

"씨발!"

양현수는 전력을 다해서 뛰기 시작했다.

하지만 아무리 그래도 그는 웨이터일 뿐이고 조폭들에 비해서 체력이 부족할 수밖에 없었다.

더군다나 저쪽은 한두 명이 아니었다.

"저쪽이다!"

"이쪽으로 갔어!"

연락을 받았는지 여기저기서 몰려오는 사람들.

택시라도 타고 도망치고 싶었지만 느긋하게 택시를 잡을 시간이 없었다.

더군다나 저들이 오면서 차 한 대 안 끌고 왔을 리는 없고.

"씨바알!"

그는 전력을 다해서 뛰었지만 뒤를 돌아봤을 때 보이는 것은 시커먼 양복을 입은 다섯 명의 남자들이었다.

"너 이 새끼, 안 서!"

"으아아아!"

다리가 휘청거리고 숨이 턱턱 막히고 세상이 핑핑 돌았다.

도무지 도망칠 수는 없고, 점점 지쳐 간다.

그리고 다가오는 한 대의 차량.

'저건⋯⋯!'

자신도 아는 차다. 조직원들을 태우고 다니는 봉고다.

그런데 저게 조직원을 태울 목적으로 온 것 같지는 않았다.

'아⋯⋯.'

그 순간 그의 눈에 뭔가가 들어왔다.

그걸 본 그는 아무런 생각도 나지 않았다. 단 하나, 살아야 한다는 생각만이 들었다.

"살려 주세요!"

그는 파출소로 뛰어들면서 경찰에게 살려 달라고 고래고래 소리를 질렀다.

⚖

"모조리 체포당했다고?"

"응."

손채림은 히죽 웃었다.

"양현수가 자기 살자고 경찰서에 들어가서 다 불었대."

"쯧쯧, 그럴 줄 알았다."

나가면 죽을 게 뻔하다.

물론 안 죽일 수도 있다.

사람을 죽인다는 것은 그리 쉬운 일이 아니다. 더군다나
한 명도 아니고 여러 명이라면.

"하지만 뒈지게 맞기는 하겠지."

그리고 그 후에 그 돈을 갚기 위해서 아마 평생을 뼈 빠지
게 일해야 할 것이다.

재수 없으면 신장이나 각막 하나쯤 빼앗길지도 모르고.

"그래서?"

"그 후에 경찰이 바로 나이트로 출동해서 거기에 잡혀 있
던 사람들을 구출한 거지."

"구출?"

"자기들은 그렇게 생각하나 봐. 내가 봐서는 체포지만."

나이트에 갔을 때 그들은 모조리 얼굴에 멍이 든 채로 손
을 들고 있었다고 한다.

"경찰이라고 순순히 내줬대?"

"어쩌겠어?"

"하긴."

자기들이 구타했으니 원래대로라면 현행범 체포이지만 경
찰도 집단 강간범을 체포하는 데 싸우고 싶지는 않았던 모양

인지 그 부분은 그냥 넘어가고, 나이트에서 넘겨준 범인들을 모조리 데리고 온 모양이었다.

"결국 자기 죄를 다 말했다는데?"

"살고 싶었겠지. 그 상황에서는 누구나 다 겁먹을 테니까."

"이제 끝난 거야?"

"우리는. 하지만 그쪽은 아닐걸."

"응?"

"우리는 이제 할 거 없지, 뭐."

일단 하수교가 공범을 감추고 있는 건 아니라는 것은 증명했다. 그 결과, 하수교는 3천만 원이나 합의금을 내고 합의서를 받을 수 있었다.

사건 중에 쓴 돈까지 그가 내는 것이니 그는 무려 5천이나 낸 셈이다.

소주미는 전문적인 정신과 치료를 받으면서 생활을 준비하고 있다.

결과적으로 자신들의 사건은 끝난 것이다.

"하지만 양현수랑 그 일파는 아닐 거야."

일단 현장은 벗어났다고 하지만 조직에서 그들을 그렇게 쉽게 놔주지는 않을 것이다.

"아마 교도소 입구에서 기다리고 있을걸."

"아! 그 녀석들은 그걸 몰랐던 걸까?"

"지금은 다급하니까."

교도소에서 나오는 순간 끌려갈 테고, 그곳에서 그 돈을 갚기 위한 신체 포기 각서라도 쓰게 될 것이다.

"장기는 팔지 않았으면 좋겠는데."

"뭔 소리? 조폭이면 다 그런 거야?"

"그건 모르지. 다 그런 건 아니야. 양지로 나오려고 하는 조폭은 좀 덜하기는 하지만. 사실 뭐, 장기 밀매 사건이 계속 있었으니 하지 않을 것 같기도 하고."

"그런데 그런 소리를 왜 해?"

"민사 해야지. 병신 되면 일 못 하잖아. 그러면 뜯어낼 것도 없어져."

손채림은 혀를 끌끌 찼다.

"잔인한 놈."

"잔인? 죽어 버린 애한테 한번 그 말 해 봐."

"하긴. 그거 생각하면 하나도 안 잔인하다."

"결국은 자기가 선택한 지옥인 거야."

"하지만 그건 생각보다 더 오래 걸릴 것 같은데?"

"응?"

"나가면 죽을까 봐 기존에 저지른 집단 강간 다 불고 있나봐. 백 단위가 넘는 모양이야. 교도소에서 오래 있고 싶은 모양이던데."

"미친놈들."

노형진은 머리를 절레절레 흔들 수밖에 없었다.

시스템 온라인?

"세영이는 왜 저래요?"

노형진은 오랜만에 집에 왔다.

너무 바쁜 나머지 집에 오는 것 자체가 힘든 경우가 대부분이지만 아주 가끔 시간이 날 때면 꼭 집에 들르곤 했다.

그런데 집에 와 보니 세영이의 표정이 좋지 않았다.

"뭐, 게임에서 죽었다나?"

"엉?"

노형진은 무슨 소리인가 하는 얼굴이 되었다.

서세영은 이 지역에 사는 소녀였다. 그런데 그녀가 누명을 쓴 사이 같이 살던 할머니가 돌아가시고 난 후 노형진 집안에서 가족으로 받아 줘서 같이 살게 되었다.

당연히 그런 일이 있다고 하면 아무래도 신경이 쓰일 수밖에 없었다.

"게임에서 죽었다니, 그게 무슨 소리예요?"

"글쎄, 나도 모르겠구나."

노형진의 아버지도, 어머니도 고개를 흔들었다. 그리고 노형진도 말이다.

'이건 뭐, 세 사람 다 겜알못이니.'

아버지와 어머니는 세대 차이로 인해서 게임에 대해서 잘 알지 못한다.

노형진은 애초에 게임에 그다지 관심이 있는 타입도 아니었고 또 자신의 꿈을 위해서 게임은 과감하게 포기하기도 했다. 그러니 게임에 대해서 잘 알 리 없다.

"이건 너희 누나가 잘 알 것 같은데?"

"누나가요?"

"몰랐니? 현아가 게임 좀 해."

"헐?"

"뭐, 임신했을 때 할 게 없어서 시작했다나?"

"뭔 놈의 태교가 게임이야?"

"태교는 부모가 좋으면 장땡인 거야."

툴툴거리는 아버지와 그런 아버지에게 반박하는 어머니.

노형진은 그걸 보고 피식 웃었다.

"그러면 누나한테 한번 물어봐야겠네요."

이유야 어떻든 간에 그녀가 안다면 그녀에게 물어보는 게 맞다.

아무리 가족처럼 받아들이려고 해도 아직은 남남이라는 부분이 걸리기 때문에 자연스럽게 자신들에게 다가올 수는 없으니까.

그나마 나이 차도 얼마 안 나고 또 여자라는 점에서 친밀한 자기 누나라면 알 것이라는 생각에 노형진은 바로 전화를 들었다.

―여, 동생! 삼촌이다! 삼촌한테서 전화 왔다. 삼촌! 해 봐! 삼촌!

게임이고 뭐고, 바로 들리는 것은 다름 아닌 조카의 목소리.

―아부부부!

―삼촌이라고 하는 거 들었어?

"누나, 아무리 들어도 '아부부부.'인데?"

―네가 번역이 안 되서 그러는 거야. 원래 아기 말은 부모가 번역해 줘야 해.

"거참."

딸을 낳더니 순식간에 딸 바보가 되어 버린 누나를 보면서 노형진은 왠지 피식하고 웃음이 나왔다.

회귀 전에는 이런 것도 없었다.

애를 낳았어도 제대로 된 축하도, 그렇다고 지원도 못 받았고, 당연히 산후조리도 제대로 못 했었는데.

'내가 이래서 그렇게 이를 악물고 싸웠지.'

드디어 모든 것이 제대로 돌아간다는 생각에 노형진의 입 가에는 절로 미소가 떠올랐다.

물론 생각지도 못한 여동생이 생기기는 했지만 그것도 좋 지 않은가?

그리고 오빠로서 여동생의 문제를 해결해야 한다는 생각 에 노형진은 노현아에게 혹시 아는 것이 있는지 물었다. 그 리고 그 대답은 바로 나왔다.

ㅡ아, 카오스 길드 새끼들, 아직도 그러고 다니네.

"카오스 길드?"

ㅡ응. 그 게임 내가 추천해 준 거거든. 아무래도 스트레스 풀 만한 게 있어야 하지 않겠어?

"스트레스 풀 게 아니라 같이 놀아 줄 사람이 필요한 거겠지."

ㅡ헤헤헤.

"그런데 무슨 소리야?"

ㅡ간단해.

카오스 길드는 렌야라는 게임에서 1위인 길드이다.

전원 랭커로 구성된 집단인데, 그들이 그다지 질이 좋지 않다는 것이 상당한 문제였다.

"상당한 문제?"

ㅡ응.

그들은 사냥터 통제라는 방식으로 자신들에게 속한 사람

들만 성장을 하게 만든다.

문제는 레벨 20에서 레벨 60 사이의 필수 사냥터라고 할 만한 곳을 모조리 통제한다는 것.

그러니 고레벨로 가기 위해서 절대적으로 필요한 경험치를 얻지 못해서 제대로 게임도 할 수가 없다.

–뭐, 그건 어찌어찌 해결할 수도 있는데.

리젠 시간이 길고 떠도는 몬스터들이 적어서 시간당 효율이 좀 떨어져서 그렇지, 일단 다른 사냥터도 없는 건 아니다.

–그런데 그 녀석들이 빈번하게 PK를 하거든.

"PK?"

–응. 플레이어 킬링.

"그건 알아. 그런데 그게 문제가 되는 거야?"

–문제가 돼.

렌야라는 게임은 죽을 때마다 레벨이 떨어진다.

정확히는 한 번 죽을 때마다 경험치의 30% 정도가 떨어져서 세 번 죽으면 레벨 1이 떨어지게 된다.

더군다나 죽을 때마다 랜덤하게 장비를 떨어트리는데, 그 장비 가격이 고가이다 보니 잃어버리는 경우 타격이 크다.

–나도 3강 검을 떨궜는데 그거 현금으로 치면 한 20만 원 하거든.

"20만 원?"

노형진은 약간 당황했다.

자기네들 재력을 기준으로는, 취미로 20만 원 정도면 나쁜 건 아니기는 하다만.

-거기에다가 성희롱은 얼마나 많이 하는데.

"성희롱?"

-응.

여자들이라는 티가 나는 닉네임 같은 경우는 온갖 성희롱을 다 한다고 한다.

그렇다고 남자라고 해서 그냥 두냐? 그것도 아니다.

남자라면 패드립의 대상이다.

욕설은 기본이요, 부모에 대한 안부를 안 좋은 쪽으로 물어본다.

-심지어 찍히면 접을 때까지 괴롭혀.

"접을 때까지?"

-응. 세영이도 그런 것 같더라. 얼마 전에 통화했는데 접을까 생각 중이래.

"흠……."

노형진은 어이가 없었다.

물론 게임을 접는 게 손해는 아니다. 게임이 한두 개가 있는 것도 아니니 그냥 다른 게임을 하면 된다.

원하면 게임기 몇 개 사서 두고 할 정도 재력은 가지고 있으니 굳이 온라인 게임을 할 필요는 없다.

"세영이가 물러나려고 할까?"

문제는 그것이다.

세영이는 누명을 쓰고 가족을 잃은 경험이 있다. 그래서 그 이후에 누군가 자신을 해코지하려고 하거나 잘못된 행동을 하려고 하면 악착같이 달라붙어서 싸우는 버릇이 생겼다.

지금도 마찬가지다.

ㅡ뭐, 싸움의 대상이 되어야지.

"다른 곳에서 그냥 뭐? 다른 길드도 있잖아?"

ㅡ다른 길드들이 연합해서 덤벼 봤지. 그런데 못 이겨. 랭커들이라니까.

'흠……'

노혀진은 이상하다는 생각이 들었다.

물론 랭커라는 것이 강하다는 것은 안다. 그리고 그들이 원하면 학살할 수 있다는 것도 안다.

'하지만……'

그렇다고 해서 그들이 무적은 아니다.

"알았어. 내가 한번 이야기해 볼게."

ㅡ또 뭐? 소송이라도 해 보려고? 야, 나도 알아봤어. 너희 매형도 이건 방법이 없다고 하더라.

노형진이 피식하고 웃었다.

"방법이 없는 게 아니야. 방법은 찾으면 되는 거야."

ㅡ응?

"기다려 봐."

노형진은 씩 웃으면서 전화를 끊었다. 그리고 과일을 챙겨서 서세영의 방으로 들어갔다.

"세영아, 자?"

"아니에요. 들어와요, 오빠."

오빠라는 말에 노형진은 기분이 묘해졌다.

회귀 전에는 들어 보지 못한 말이니까.

안으로 들어가니 아무래도 책을 보고 있었는지 책이 책상 위에 놓여 있었다.

"공부는 잘하고 있지?"

"네."

"열심히 해라, 운동도 좀 하고. 너, 변호사 되고 싶다면서. 공부도 체력전이야."

"열심히 하고 있어요. 운동도 열심히 하고 있고."

"그래야지."

지난 사건은 서세영의 미래를 바꿨다.

그녀는 자신과 같은 사람을 만들지 않기 위해서 변호사를 희망했고, 가족들은 그런 그녀의 꿈을 환영해 줬다.

"그런데 너 요즘 문제 있다면서?"

"네? 어떤 거요?"

"그, 뭐냐? 렌야?"

서세영은 한숨을 내쉬었다.

"뭐, 문제까지는 아니고, 그냥 짜증이 나요."

"많이 괴롭히니?"

"솔직히 플레이도 못 할 정도예요."

사냥터를 통제하고 못 들어가게 하는 데다가 성희롱까지 하니 못 참은 세영이가 뭐라고 했는데 그 후에 블랙리스트에 올라서 계속 학살당하고 있다는 것.

그래서 레벨 50대였던 세영의 레벨이 벌써 30레벨대까지 떨어진 상황이라는 것이다.

레벨이야 올리면 되는 거고 세영이는 게임 자체를 즐기는 편이지 최고가 된다거나 레벨이 높아야 한다거나 하는 것에는 연연하지 않아서 그걸 가지고 스트레스를 받는 건 아니라고 하지만.

"아니, 나타날 때마다 찾아와서 죽여요."

"그래?"

"네."

"누나한테 들어 보니까 사람들이 저항한 적이 있다면서?"

"그렇지요."

그들의 패악질 때문에 제대로 게임을 할 수가 없자 결국 사람들이 단체로 뭉쳐서 덤벼들었지만 결국은 졌다는 것이다.

"그 길드 인원이 얼마나 되는데?"

"한 이백 명쯤?"

"한 서버의 인원은?"

"한 2천 명쯤? 그건 왜요?"

"아니, 그냥."

노형진은 왠지 걸리는 것이 있었다.

'이건 산술적으로 말이 안 되는데.'

랭킹이나 무장의 문제가 아니다. 산술적으로 말이 안 되는 사항이다.

"그래서 게임 접을 거야?"

"그럴까 생각 중이에요. 학교생활도 쉬운 게 아니라서요."

"그렇지."

게임에 매달릴 상황은 아니다.

그녀는 노형진처럼 사법시험을 노린 게 아니라 로스쿨을 통해 변호사가 되기 위해서 경찰대에 들어갔다.

경찰대에 들어갔다가 로스쿨을 통해서 변호사가 되든가, 변호사가 못 되더라도 경찰이 되어서 법률계에 있기 위해서였다.

그런데 경찰대라는 곳이 쉬운 게 아니다.

경찰대라는 학업적 특성상 공부와 운동을 병행해야 하기 때문이다.

"그렇구나. 근데 접는 건 좀 기다려 볼래?"

"네? 왜요? 보통은 게임하지 말고 공부하라고 해야 하는 거 아니에요?"

서세영은 미심쩍은 표정으로 바라보았다.

"알아. 그런데 여기서 물러나면 네가 찜찜할 거 아냐?"

이것이 법이다

"그렇기는 하지요."

찝찝한 정도가 아니라 이가 박박 갈릴 것이다.

저들이 힘이 있다는 이유로 다른 사람들을 괴롭히는 것은 안 되는 말이다.

"한번 들어가 봐."

"지금요?"

"응."

"알았어요."

그녀가 노형진의 말대로 접속하여 게임을 하려고 하자마자 채 10분도 되지 않아서 붉은색 이름을 가진 작자들이 나타나서 순식간에 학살해 버렸다.

"다른 장소는?"

"그래도 그래요."

장소를 옮겨 가면서 게임을 하려고 했지만 언제나 누군가 찾아와서 패드립과 성희롱을 하면서 빈정거렸다.

심지어 부캐릭터로 접속을 해도 귀신같이 알고 추적해 왔다.

노형진은 한숨이 나왔다.

"이건 뭐 빼도 박도 못하는 거네."

"네?"

"아니, 그런 게 있다."

노형진은 회귀하기 전에도 변호사였지만 그렇다고 게임에 대해서 아예 모르는 건 아니었다.

그리고 주변에 게임을 하는 사람이 있어서 희미하게나마 들었던 사건이 있었다.

"너, 이 게임 얼마나 한 거야?"

"한 2년?"

"그러면 오래 게임한 사람 알아?"

"우리 길마가 오래 했죠. 오베 때부터 했다고 했으니까."

"길마?"

"길드 마스터요. 오빠 진짜, 게임이랑 담 쌓은 겜알못이구나?"

"그런 편이기는 하지. 그 사람이랑 만날 수 있을까?"

"네? 그건 왜요?"

"아니, 확인할 게 있어서."

"뭐, 어려운 건 아니니까."

서세영은 바로 길창에서 대화하기 시작했고, 노형진은 이번 사건을 어떻게 해결해야 하나 고민하기 시작했다.

⚖️

"노형진입니다."

"엄마백원만입니다."

50대 중반의 남자는 말을 하면서도 어색하긴 한 모양이었다. 하긴 나이 오십 먹고 닉이 엄마백원만이라니.

"어흠…… 그냥…… 곽도성이라고 불러 주시면 감사하겠

습니다."

"하하하."

그는 PC방을 하는 사장이었다.

PC방을 하면서 우연히 접해서 하게 된 것이 바로 이 렌야라는 게임이었는데, 제법 오래 해서 길마의 자리에까지 올라왔다고 한다.

"그런데 어쩐 일이십니까? 변호사라고 불꽃낭자에게 들었습니다만."

"불꽃낭자? 아아, 세영이요."

"아, 네. 세영이요. 닉으로 부르는 게 워낙 익숙해서."

"제가 오빠 되는 사람입니다."

"아, 그런가요?"

곽도성은 별말하지 않았다.

성이 다르다는 거야 알지만 상대방의 집 사정을 캐묻는 게 예의가 아니라는 것쯤은 알 만한 나이이기 때문이다.

"세영이가 이번에 그들 때문에 고생을 좀 하는 것 같아서요."

"안 그래도 고민하더군요. 접을까 하고 말입니다. 솔직히 저도 접으라고 했습니다만."

"네? 의외네요. 길마시잖아요?"

"그리고 두 딸의 아버지이기도 하죠."

히죽 웃은 곽도성.

"이제 슬슬 공부해야지요, 하하하."

"하하, 그 부분은 걱정하지 마세요. 똑 부러지는 아이니까. 다만 성격상 그냥 물러나면 뒤가 찝찝할 것 같아서요."

"그럴 것 같더군요. 말씀대로 똑 부러진 아이더군요."

"그래서 이번 사건을 해결하려고요."

곽도성은 어깨를 으쓱했다.

"불가능할 겁니다. 싸워도 해결 방법이 없고."

"들었습니다. 결국 주변 길드가 졌다면서요?"

"네."

길드들이 일대일로 싸운 것도 아니고 일대다로 싸웠는데도 졌다고 한다.

"랭커라는 게 그렇게 강할 거라고는 생각도 못 했지요."

"회사에서는 뭐라고 합니까?"

"회사에서는 게임 내 유저 간 분쟁에 대해서는 관여하지 않는다고 하더군요."

"역시나 그렇군요."

게임 내 분쟁에 대해서 관여하기 시작하면 여러모로 복잡해지니까 대부분의 게임사들은 방관하는 정책을 취한다.

애초에 누구의 편을 들어 줄 수 있는 것도 아니니까.

"제가 몇 가지만 확인하려고 하는데 성실하게 대답해 주시기 바랍니다."

"그러지요."

"저들이 장비가 좋은가요?"

"좋지요. 최고 장비를 가지고 있습니다. 그랬으니 우리가 지지요."

"그러면 저들도 죽으면 레벨이 떨어집니까?"

"당연히요."

"현재 렌야에서 성을 차지한 게 카오스 길드 맞죠?"

"네. 세 곳을 다 차지하고 있습니다."

"성을 가지고 있으면 수익이 얼마나 됩니까?"

"수익이라니요?"

"인터넷에서 찾아봤습니다. 거의 중소기업 규모던데요?"

"현질 말씀이십니까?"

"네."

"음…… 대략 한 4천쯤 될 겁니다. 성 한 곳당요."

"매년요?"

"매달요."

노형진의 눈이 절로 찡그러졌다.

매달 4천.

적지 않은 돈이다. 어지간한 중소기업보다 많이 버는 셈이다.

"어마어마하군요."

"적지 않지요. 그러니까 길드들이 성을 빼앗기 위해서 그렇게 목숨을 걸고 싸우는 겁니다."

"그런가요? 알겠습니다. 그런데 그 전쟁 때 말입니다, 레벨들이 많이 떨어졌습니까?"

"네? 당연히 떨어졌죠."

사냥은 못 하고 매일같이 죽고 죽이는 싸움만 반복되었으니 레벨이 떨어질 수밖에 없다.

그리고 그 결과, 카오스 길드가 최고의 자리에 올라갈 수 있었다.

"역시나 그렇군요."

"역시나?"

"네. 전반적으로 보면 이 게임은 말이 안 됩니다."

"무슨 말씀이신지?"

"간단하게 말씀드리죠. 이건 애초에 이길 수 없는 게임입니다."

"네?"

"게임 내 분쟁에 개입하지 않았다는 건, 반대로 말하면 공정한 규칙이 적용된다는 거죠."

"그런데요?"

"그런데 아무리 봐도 이건 공정하지 않은 것 같아서요."

"네? 그게 무슨 말씀이신지요?"

"간단합니다. 누군가 그들을 도와주고 있다는 뜻입니다. 아마도 게임 회사 내부에서 말입니다."

노형진의 말에 곽도성의 얼굴이 절로 찡그러졌다.

이것이 법이다

"제가 이상하게 생각한 건 세영이가 들어갈 때마다 죽는 거였습니다."

"그런 일은 자주 벌어져서요."

"그렇지요? 그런데 애초에 그게 불가능하다는 겁니다."

"네?"

"어떻게 상대방이 어디에서 등장하는지 알 수 있지요?"

"어?"

곽도성은 어리둥절했다. 순간 이해가 가지 않아서였다.

"제가 세영이랑 게임을 하면서 이상하게 생각한 게 있습니다. 세영이가 장소를 옮겨도 어디로 가든 10분 안에 따라와서 죽이더군요. 뭐, 등장해서 죽이는 녀석들이 다르기는 하지만 모두 카오스 길드원이더군요. 심지어 부캐릭터로 접속해도 그러더군요."

"그게 이상한 건거요? 척살령이 떨어졌다면 그럴 수도 있습니다."

"압니다. 그래서 제가 손을 좀 써 봤지요."

"손?"

"네."

척살령이란 길드에서 누구를 죽이라고 명령을 내리는 것이다.

소속 길드원은 척살령이 떨어지면 그 존재가 나타날 때마다 죽인다.

"하지만 그건 어디까지나 상대방이 보인다는 전제 조건을 깔고 들어갑니다."

노형진은 그래서 서세영의 캐릭터를 사람들이 잘 안 다니는, 아니 아예 들어오지 않는 공간으로 이동시켰다.

보통 몬스터가 있는 곳에는 사람들이 있고, 그중 누군가 보고 신고했을 수도 있으니까.

"그런데 찾아오더군요."

"그래요?"

그런 건 해 본 적이 없으니 이해 못 하는 곽도성.

언제나 전쟁터에서 만나기만 했으니까.

"일단 카오스 길드는 대부분의 유저들에게 적대적입니다. 그러니 일반인이 카오스 길드에 신고할 가능성은 그다지 없지요."

결국 카오스 길드에서 서세영의 캐릭터인 불꽃낭자를 보고 추격했다고 봐야 한다.

노형진은 캐릭터를 움직이면서 주변을 유심히 살폈다.

심지어 그 녀석들이 없을 만한 레벨 10대의 저레벨 지역까지 갔다.

"그런데 찾아오더군요."

"그래요?"

곽도성은 당황했다.

자신들은 그런 일을 해 본 적도 없고, 또 그렇게 추적을 뿌리치려고 움직인 적도 없었으니까.

"저도 시스템을 좀 봤습니다."

친구 추가를 해도 상대방이 있는 대략적인 지역만 나오지 정확한 위치는 표시되지 않는다.

그런데 어떻게 그 캐릭터가 있는 위치를 알았을까?

"그건……."

"누군가 시스템상에서 세영이 캐릭터를 볼 수 있다는 뜻이지요."

곽도성의 얼굴이 딱딱해졌다.

그리고 뭔가 알 것 같다는 표정이 되었다.

"으음."

"왜 그러십니까?"

"아니, 전쟁 중의 일이 생각나서요."

게임 내에서 싸우다 보면 죽는 게 일상이다.

그들의 행동은 도를 넘어서, 전쟁 중인 길드원뿐만 아니라 그들과 파티를 했다고 전혀 관련 없는 사람들까지 죽여 댔기 때문에 결국 싸움이 일어나지 않을 수가 없었다.

"그런데 죽여도 죽여도 우리가 못 이기겠더라구요."

"그래서 제가 두 번째 의심을 하는 겁니다."

만일 시스템대로 죽어서 레벨이 떨어진다면 죽으면 죽을

수록 캐릭터가 약해질 수밖에 없다.

물론 장비가 좋으니 죽는 숫자가 적을 수는 있다.

하지만 전쟁에서는 실력뿐만 아니라 숫자도 중요하다.

"게임 내의 고레벨이 그들이 있는 것만은 아니니까요."

"음⋯⋯."

그들이 랭커이고 최고 장비를 갖췄다고 하지만 숫자는 이백 명뿐이다.

그에 반해서 서버 내 인원은 2천 명.

아무리 부캐니 뭐니 따져도, 최소 천 명은 그들과 비슷하거나 높은 레벨일 수도 있다는 뜻이다.

"즉, 수적으로 열세라는 거죠."

단순 비율로 따지면 이쪽이 한 번 죽을 때 저쪽은 다섯 번 죽어야 수적으로 대응이 가능하다는 소리다.

그리고 다섯 번씩 죽으면 도무지 레벨 대응이 될 수가 없다.

한 번 죽을 때 경험치의 30%를 상실한다. 즉, 다섯 번 죽으면 거의 2레벨 다운이다.

그런데 전쟁 중에 그것만 죽을 리 없으니 당연히 더 떨어진다.

"그리고 레벨이 떨어지면 장비도 떨어지지요."

게임 내에서 죽으면 랜덤하게 가지고 있는 물건 중 하나가 떨어진다.

쓰레기 잡템이 떨어질 수도 있지만 무기나 장비가 떨어질 수 있다.

그리고 장비가 떨어지면 그것도 상당히 골치 아프다. 렌야에서 장비는 상당히 고가에 거래되고 있으니까.

"그리고 레벨에 따른 장비도 있다면서요?"

"네."

레벨 10짜리 장비와 레벨 20짜리 장비와 레벨 30짜리 장비는 다르다. 그걸 다 맞춰야 한다.

퀘스트를 통해서 최소한의 장비는 주지만 제대로 써먹기 위해서는 사냥을 통해서 극악한 확률로 얻든가 아니면 자신이 제작용 아이템을 구해서 직접 만들어야 한다.

"그러고 보니……."

"감이 오는 게 있습니까?"

"카오스 길드의 캐릭터 중에 제작하러 다니는 캐릭터를 본기억이 없네요. 속일 목적으로 아예 가입을 안 시켰을 수도있지만……."

게임 내부에서 아이템을 수집할 수 있는 캐릭터는 정해져있다.

그러니 그런 캐릭터가 돌아다니면서 제작 아이템을 모아야 하는데, 본 적이 없다, 카오스 길드 소속은.

"이상한데……."

싸우는데 레벨은 안 떨어지고 장비는 언제나 최고급이다.

더군다나 그렇게 오래 싸웠는데 그들의 위세는 언제나 똑

같았다.

"그러고 보니 이상한 일이 있었습니다."

"이상한 일?"

"네."

전쟁을 할 때의 기본은 당연히 기습전에 있다. 당연히 뭉쳐 있으면 위험하다.

그래서 그들이 흩어져 있을 때 그들의 사냥터를 털어 버린 적이 있다.

그들이 사냥터 통제라는 미명하에 다른 사람들이 게임을 못 하게 망치니 당연히 그곳에 있는 카오스 길드의 길드원들을 잡기 위해서였다.

"그런데 순식간에 몰려오더군요."

자신들이 기습했고 그들을 잡아 버리는 데 성공했다.

그런데 채 10분도 안 되어서 그들이 반격하는 바람에 기습하러 갔던 사람들이 도리어 전멸했다.

"어마어마한 기동력이었습니다."

"그게 가능한가요?"

"이론적으로는 가능하죠."

전화상으로 한꺼번에 연락하고 당사자들이 순간 이동 마법서 같은 것으로 이동해서 온다면 말이다.

"하지만 현실적으로 가능할지…….."

길드는 학교 같은 게 아니다.

자기들이 원해서 들어오는 것이고, 자신의 상황에 맞게 길드 가입을 하는 것이다. 그렇게 한꺼번에 움직일 수는 없는 것이 현실이다.

자신들도 그러니 말이다.

"이상하기는 하네요."

하나씩 지적하기 시작하자 조금씩 이상한 점이 보이기 시작했다.

물론 의심뿐이지만.

"그런데 들어 보니 오베 때부터 하셨다고요?"

"네."

"그래서 레벨이 얼마신가요?"

"현재 레벨이 167입니다."

"생각보다 낮네요."

"뭐, 중간중간 대규모 패치가 있었으니까요."

그 전에는 만렙이 되어 버리면 레벨 업이 되지 않으니 그냥 하염없이 기다리는 수밖에 없었다.

"그래서 이 게임이 얼마나 된 게임이지요?"

"7년쯤 되었지요."

"7년에 167이라……."

노형진은 곰곰이 생각을 했다.

"지금 만렙은요?"

"200입니다."

"그러면 카오스 길드의 평균 레벨은요?"

"네?"

"카오스 길드의 평균 레벨 말입니다."

"글쎄요……. 듣기로는 170에서 180 사이라고 하는 것 같던데요. 공식적으로 최고 레벨은 189라고 들었고요."

"그렇군요."

"그게 이상한가요?"

"이상합니다. 카오스 길드원들 중에서 아는 사람 있으신가요?"

"네?"

그 말뜻을 이해하지 못하고 되묻는 곽도성.

그들을 개인적으로 안다면 이렇게까지 으르렁거리면서 싸울 리가 없지 않은가?

"아니요, 제 말뜻은 그게 아닙니다. 카오스 길드원들의 닉 중에서 게임 초반에 봤던 닉이 있느냔 말입니다."

"닉 중에서요?"

"네."

"음……."

곽도성은 기억을 더듬었다.

아무래도 7년이나 이 게임을 하고 있으니 어지간한 사람들은 다 만나 봤다.

물론 다 친하거나 아는 건 아니다.

하지만 지나가면서라도 보기 마련이니, 특이한 닉네임은 기억이 남는 게 사실이다.

'어?'

곽도성은 기억을 더듬다가 순간 갸웃했다.

"기억이 안 나는데요?"

"안 나요?"

"네, 본 기억이 없어요."

그들의 닉을 아무리 생각해 봐도 기억나는 게 없다.

물론 서버에 2천 명이나 되는 사람이 있다고 하지만…….

"하지만 레벨이라는 게 있지요."

"그렇지요."

곽도성은 오래 게임을 한 사람이고 또 PC방 주인이라는 특성상 게임을 상당히 장시간 하는 타입이기도 하다.

막말로 출근해서 퇴근할 때까지 게임만 한다고 봐도 무방하다.

그런 사람이 이제 167이다.

180이 되기 위해서는 터무니없는 시간이 걸린다.

"제가 160에서 161까지 올라가는 데 한 달 걸렸습니다."

요구하는 경험치는 어마어마하고 당연히 레벨 업 속도는 터무니없이 느려진다.

"곽도성 씨처럼 게임에 집중할 수 있는 사람이 얼마나 될까요?"

"없죠. 게임만 하는 폐인이라면 모를까."

그런 사람이라면 가능할지도 모른다. 세상에 그런 사람이 아예 없는 건 아니니까.

그러나 그런 사람이 한 서버에 그렇게 몰려 있을 가능성이 얼마나 될까? 그것도 같은 길드 내부에 말이다.

"카오스 길드 평균 레벨이 얼마라고요?"

"······."

그런 사람들이 카오스 길드를 만들어서 끼리끼리 뭉친다? 말도 안 된다.

"전쟁 때 그들이 언제 나오던가요?"

"네?"

"밤에는 안 나오지 않던가요?"

"아······."

그들은 낮에만 나온다. 그건 전쟁 때 확실하게 느꼈다.

사실 의심은 하지 않았다. 사람은 자야 하니까.

"그런데 그렇게 낮에만 게임해서 그 레벨이 달성 가능합니까?"

곽도성은 고개를 저었다.

"아니요. 불가능합니다. 그건 제가 직접 느낀 겁니다."

자신만 해도 출근해서 퇴근할 때까지 붙잡고 있고, 퇴근할 때 알바생에게 자기 캐릭터를 돌려 달라고 부탁하고 간다.

캐릭터 기준으로 본다면 하루 평균 레벨 업에 들어가는 시간만 열여섯 시간도 넘을 것이다.

그런데 밤에 잘 건 다 자면서 자기를 따라잡는다?

'말도 안 되는 개소리지.'

그건 불가능한 소리다.

레벨 업은 아이템의 좋고 나쁨만으로 결정되는 문제가 아니다.

물론 장비가 좋으면 사냥 속도가 빨라지고 더 높은 레벨의 몬스터를 잡아서 더 빨리 렙 업을 할 수 있겠지만 그건 어디까지나 일부분이고, 렙 업의 절대적 수치는 그 캐릭터에 투자한 시간이다.

자신이 전쟁 중 여러 번 죽어서 레벨 다운을 겪었다고 하지만 상대방은 자기보다 더 많이 죽었으면 죽었지, 절대로 적게 죽은 건 아니다.

그렇다면 자신보다 더 레벨이 떨어졌어야 한다.

"이건 생각해 보니 말도 안 되는군요. 이상하네요."

"그렇지요?"

터무니없는 상황.

누군가는 그저 게임이라고 무시할지 모르지만 자신의 노력과 시간이 들어간 세계다.

"터무니없네요. 왜 이렇게 된 거지?"

"사실은 제 친구에게 들었던 말이 있습니다."

"친구?"

"네."

물론 회귀 전에 있었던 일이지만, 노형진은 확실하게 기억하고 있다.

"회사에서 게임을 관리한다고요."

"그거야 당연한 거 아닙니까?"

회사가 게임을 관리해야 자신들이 게임을 할 수 있는 게 아닌가?

"그런 관리가 아니라, 가치를 관리한다는 겁니다."

"가치?"

"네. 게임은 무한대가 아니니까요."

"그게 무슨 말씀이신지?"

"이 게임에서 재화가…… 현질이라고 하던가요? 현금화 가능하죠?"

"네."

"그 가치가 얼마나 변동됩니까?"

"별로 크게 변동되지는 않죠."

어깨를 으쓱하는 곽도성.

"이상하지 않습니까? 몬스터를 잡으면 돈이 나옵니다. 잡템을 팔아도 돈이 나오지요. 하지만 사람들이 쓰는 돈은 별로 없습니다."

"경매장도 있고……."

"경매장은 사람 사이에서 돈이 도는 거죠. 기껏해야 장비 수리비 정도가 소비되는 돈일 겁니다."

"어……."

그리고 보니 그렇다.

이 게임은 대부분의 물건을 유저가 제작해야 한다. 그러니 돈이 생기기는 쉬워도 사라지는 것은 쉽지 않다.

'그게 정상이지.'

모 게임의 경우 게임 초기 100골드에 1만 원 정도 하던 돈의 가치가 나중에 가면 1천 골드에 1만 원, 1만 골드에 1만 원으로 폭등했다.

돈은 계속 생기는데 소비되는 곳이 그다지 많지 않으니까.

하물며 그 게임은 발생하는 돈을 소비시키기 위해서 포털 사용료나 기타 사용료를 적지 않게 매기는 편인데도 그 지경이었다.

"그런데 어떻게 지난 7년간 거의 변동이 없을까요?"

"그건……."

생각해 본 적이 없는 일이다.

"문제는 돈뿐만이 아닙니다. 장비도 마찬가지지요."

저렙 장비 하나에 20만 원이 훌쩍 넘는다. 그에 필요한 아이템을 모아서 제작해야 하기 때문이다.

"그런데 그 제작된 장비들은 어디로 가죠?"

"그거야……."

사라지지 않는다.

힘들게 만든 20만 원짜리 장비를 파괴하는 사람은 없다.

"결국 장비는 늘어나고 숫자는 한정됩니다."

오래된 게임은 신규 유저가 많지 않다. 결과적으로 그 장비가 필요한 사람은 부캐를 키우는 사람들일 것이다.

그런데 대부분의 사람들은 본캐를 키우면서 그 장비를 만들어 썼을 것이다. 따라서 추가적으로 필요하게 되는 사람은 거의 없고, 수요가 없으니 결과적으로 장비의 가치도 떨어져야 정상이다.

"하지만 그 장비의 가격도 거의 변동이 없더군요."

"그거야 카오스 캐릭터들이 가지고 가니까⋯⋯."

카오스 길드를 말하는 게 아니다.

카오스 캐릭터, 즉 유저를 죽이는 작자들을 뜻한다.

"그게 이상한 겁니다."

"네?"

"그 정도로 고렙이면 백수일 가능성이 높다고 하셨지요?"

"네, 그렇지요."

"곽도성 씨가 만일 백수라면, 그래서 상대방 캐릭터를 죽여서 20만 원짜리 장비를 얻었다면 그걸 파괴하시겠습니까, 아니면 파시겠습니까?"

곽도성의 얼굴이 딱딱해졌다.

당연히 판다.

돈도 없는데 무려 20만 원짜리를 어떤 미친놈이 그냥 파괴한단 말인가?

결과적으로 그 장비는 여전히 존재하는 상태에서 장비를 잃은 유저는 다시 만들어서 착용하게 된다.

"그런데 왜 가격이 안 떨어지지요?"

게임 내부는 기본적으로 시장경제 체제를 유지하고 있다.

그 시스템은 비슷한데 터치하지 않는 외국계 게임과 비교해서 너무 차이가 심하다.

물론 드롭률이 낮다고 하지만 이 정도로 차이가 나는 것은 아니다.

"설마 카오스나 장비나 골드에도 회사가 영향을 줄 수 있다는 겁니까?"

"줄 수 있다는 게 아니라 주는 거죠."

노형진이 들었던 말이 그것이었다.

자기가 GM을 했는데 그런 행동을 했었다. 그러다가 유저들에게 걸렸는데, 회사에서는 자신에게 독박을 씌워서 잘라 버렸다는 말.

"음……."

그 말이 사실이라면 이만저만 큰일이 아니다.

"이건 저 혼자 듣고 자시고 할 건수가 아닌 것 같군요."

곽도성의 표정이 심각하게 변했다.

그 말이 사실이라면 회사에서 자신들을 속인 셈이 된다.

"우리 길드만의 문제가 아니라 다른 길드와도 이야기해 봐야 할 것 같습니다."

"길드들만의 문제가 아니죠."

"네? 그게 무슨 뜻이지요?"

"렌야라는 게임, 서버가 몇 개죠?"

노형진은 그렇게 말하면서 미소를 지었고, 그 말을 들은 곽도성의 입에서는 절로 한숨이 나왔다.

곽도성이 아무리 오래 게임을 했다고 해도 다른 서버의 사람들까지 다 아는 것은 아니다.

하지만 카오스 길드와의 전쟁을 통해서 각 길드끼리 연결 관계가 생겨서 전화번호를 알려 줬기 때문에 어지간한 규모의 길드장들은 모두 곽도성이 부를 수 있었다.

그리고 노형진의 말을 들은 사람들은 어이가 없다는 표정을 지었다.

"아니, 왜요?"

"네?"

"도대체 게임 회사에서 왜 그런단 말입니까?"

이미 자신들이 게임에 관련된 돈을 내고 그들에게 이익을 주고 있다.

그런데 그들이 왜 그렇게까지 하면서 게임을 망가트린단 말인가?

"망가트린 건 아니죠."

"그게 무슨 말이지요?"

"망가트린 것은 이 서버의 카오스 길드를 운영하는 녀석일 겁니다. 아마도 그 녀석이 무리한 욕심을 냈을 가능성이 큽니다. 다른 서버는 관리를 이런 식으로 하지 않았을 가능성이 높지요."

"그래도 이유가 없지 않습니까?"

"이유가 왜 없습니까? 듣자 하니 각 서버에 있는 성에서 대략 매달 4천쯤 나온다면서요?"

"네? 아, 네. 그거야 그런데……."

성을 가지고 있는 길드는 세율을 정할 수 있는데, 보통은 20% 정도 된다.

가령 200골드짜리 물건을 거래하면 40골드가 세금으로 더 붙는다. 그리고 그 세금은 성을 가진 성주에게 지급된다.

그 돈을 현금화한다고 하면 대략 4천만 원 정도가 된다.

"성이 몇 개죠?"

"한 서버당 세 개죠."

"그러면 매달 1억 2천이군요. 그것도 한 서버당 말이지요. 세금도 안 내고 추적도 안 되고 흔적도 없는 돈이."

다들 움찔했다. 그 부분은 생각을 못 했던 것이다.

"각 서버에 약 2천 명이라고 들었습니다. 그렇지요?"

"네."

"뭐, 모든 서버가 꽉 찬 상태는 아닐 테니 1,500명 정도로 잡아 봅시다. 그러면 계정비가 얼마죠?"

"한 달에 대략 1만 5천 원입니다."

"그러면 한 서버당 한 달 수익이 대략 2,250만 원이군요. 그런데 게임 내에서 골드 수입이 얼마라고요?"

"……."

거의 두 배에 가까운 수익이 생기는 셈이다. 그것도 성 하나당.

"이 중에서 사업하시는 분들은 아실 겁니다. 이런 돈은 추적도 못 하고, 당연히 세금도 안 내지요."

"맞는 말이네."

합법적으로 버는 게 아니라 골드를 팔아서 버는 건데 골드 파는 놈들이 사업자 내고 팔 리 없다.

정부에서도 그다지 관심을 가지지 않고 있으니까.

"그 정도면 충분히 그럴 수 있는 돈 아닙니까? 세금을 생각하면 정상 수입보다 세 배 이상 많은 셈인데."

그 말에 누구도 부정하지 못했다.

현질에 관한 이야기는 아주 오래된 일이다.

그런데 왜 회사에서 그걸 통제하지 못할까 하는 건 누구도 하지 못했던 질문이었다.

　공식적으로 그들은 불법이라고 주장하고 현거래 캐릭터의 계정도 압류해 버리는데 말이다.

　"물론 성을 가진 모든 사람들이 회사나 운영자라고 볼 수는 없지요."

　"음……."

　"그러나 그 점을 감안하면 카오스 길드나 그 소속 길드원들의 행동이 이해가 갑니다."

　"왜요?"

　"골드의 가치, 아이템의 가치."

　"가치라……."

　"곽도성 씨랑 이야기했습니다만, 모든 것은 그 가치가 있기 마련이니까요."

　골드가 늘어나고 아이템이 늘어날수록 그 가격은 떨어진다. 당연히 막대한 골드를 팔아서 수익을 창출하는 기업의 입장에서는 반갑지 않은 일이다.

　인플레이션. 즉, 돈의 가치가 떨어지면 현금으로서의 가치도 떨어지기 때문이다.

　"하지만 카오스는 그런 골드를 통제할 수 있는 시스템이지요."

　일단 상대방을 죽여서 아이템을 빼앗는다.

　그 후에 그걸 경매장이나 현거래를 통해서 재판매한다.

　그리고 그 골드를 현금화한다.

그런 식으로 계속 수익을 창출하다가 골드나 아이템이 필요 이상을 풀려서 가치가 떨어지는 징후가 보이면 그걸 폐기시켜서 가치를 존속시킨다.

"음……."

골드와 돈이 폐기될수록 그 가치는 높아지고, 그걸 쥐고 있는 성주의 권력은 강해진다.

"아마도 유독 성주가 안 바뀌는 성이 한두 곳은 있을 텐데요?"

"그렇기는 하지."

길마들은 대부분 오래 게임을 한 사람이다 보니 다른 서버에도 캐릭터를 가지고 있는 경우가 많다. 그리고 그런 정보를 얻은 적이 있었다.

"3번 서버 루아나 성 성주는 5년째 스파르탄 길드라지?"

"맞아. 세 길드가 공격했는데 방어했다지?"

아무리 성이 방어력을 지원해 준다고 해도 세 길드면 상당한 무력이다. 그런데 그걸 방어한다?

"숫자는요?"

"많지는 않았던 것 같은데."

일단 의심하기 시작하자 이상한 것이 한두 개가 아니었다.

아무리 강력하다고 해도 소수로 방어를 한다는 게 쉬운 일은 아니기 때문이다.

거기에다 전쟁 중에 쓰러진 상대방 길드원이 쉽게 레벨을 올리는 것은 역시나 흔하게 발견되는 일 중 하나였다.

"무기를 떨궈도 바로 다른 무기를 들고 오기에 다른 유저가 떨군 걸 가지고 온 거라고 생각했는데…….."

"그럴 리가요."

저렘용 무기가 수십만 원이고, 고렘용은 수백만 원을 넘으며, 최고렘에 들어가면 수천을 넘는 값어치를 가지는데 그걸 그냥 쥐고 있다? 그럴 리 없다.

모든 것이 한 가지 가능성만을 가리키고 있었다. 회사에서 사람을 동원해서 체계적으로 관리하고 있다는.

"하지만 그러기에는 말도 안 되는 게 너무 많아. 우리 서버에 카오스 길드원만 이백 명인데 그 인건비가 더 나오겠다."

"카오스 길드원 숫자가 이백 명이지, 유저 숫자가 이백인 건 아니지 않습니까?"

"응?"

"그렇지 않습니까? 혹시 여기에 이백 명 전부 모여 있는 거 보신 분?"

다들 고개를 흔들었다. 그런 건 본 적이 없다.

"그래도 이해가 안 가는 게 있는데, 노 변호사라고 했나? 당신 말대로 회사 차원에서 개입할 수 있고 유저들의 캐릭터를 터치할 수 있다면, 그냥 우리를 레벨 다운시키면 그만 아니야? 그리고 레벨을 마음대로 조정할 수 있다면 사냥터를 막고 사냥을 못 하게 하는 게 아니라 그냥 자기 캐릭터 레벨을 올리는 게 더 좋은 생각 아니냐고."

이것이 법이다

맞는 말이다.

버튼 몇 개만 누르면 자기 캐릭터는 만렙에 장비까지 빠방하게 줄 수 있다. 그게 훨씬 쉬운 일이다.

"그러면 사람들이 눈치채니까요."

상대방을 갑자기 렙 다시킨다?

그건 사람들이 게임을 접게 만드는 요인이다.

돈을 벌려고 하는 짓거리지, 사람을 쫓아내려고 하는 게 아니다.

애초에 온라인 게임은 사람이 없으면 돈이 안 벌린다.

그렇다고 갑자기 본 적도 없는 풀 장비를 한 캐릭터가 무차별 나타난다?

소수라면 모르지만 마치 마법처럼 무차별적으로 생겨난다면 사람들은 뭔가 이상하다는 것을 느낄 것이다.

"더군다나 나중에 들어온 사람들을 최강으로 만들면 누군가는 배신 때릴 가능성이 있으니까."

"아!"

처음부터 회사에 소속된 사람이라면 렙 업을 해도 그만이지만, 나중에 유저 중에 가입한 사람의 레벨 시스템을 건드려서 렙 업을 시켜 주면 주변에서 알아차릴 수도 있다.

"그러니 정상적으로 레벨을 올리는 것처럼 보여야 한다는 거죠."

"그래서 눈 가리고 아웅이라고, 사냥터를 통제한 거야?"

"네."

"미친."

그 안에 캐릭터가 있을 수도 있고 없을 수도 있다. 중요한 것은 그들이 스스로 렙 업을 했다는 증거였다.

그리고 그 증거가 다름 아닌 사냥터이고 말이다.

"그러니 지킨 겁니다, 누구도 하지 못하게."

"눈 가리고 아웅도 유분수지."

"하지만 확실한 건 아니지 않은가? 모든 게 정황상의 증거일 뿐이지."

누군가 말했다.

"틀린 말은 아닙니다."

상황적으로 이해가 가지 않고 불가능한 상황도 있고 하지만, 이 모든 건 경험적 정황증거일 뿐이다.

"더군다나 다른 서버는 조용하잖아?"

"그건 관리자의 문제일 가능성이 높지요."

"관리자?"

"네."

이런 걸 걸리라고 할 기업은 없다.

"하지만 사람은 권력을 쥐면 휘두르고 싶어지는 법입니다. 만일 그걸 관리하는 작자가 그다지 인성이 좋지 않다면 관리도 최악으로 하겠지요."

"흠……."

다른 곳은 정상적으로 운영되고 있다. 그래야 게임의 수명이 오래가니까.

"하지만 우리 서버에서 벌어지는 일은 한 명의 독단일 가능성이 높다 이건가?"

"독단이라기보다는 지랄이지요."

자신이 거대 길드의 길드장이니까, 거기에다 기업의 지원까지 받으니 미쳐 날뛰는 것이다.

'실제로도 그러다가 걸렸다고 했지.'

그 당시 친구도 그랬다, 다른 사람이 미쳐 날뛰어서 무차별적으로 자신의 권한을 휘두르는 바람에 걸렸다고.

세상을 살다 보면 하지 말라고 해도 권력에 취해서 미쳐 날뛰는 놈이 있기 마련이니까.

"그렇다고 쳐. 그놈을 어떻게 잡을 건가?"

"간단합니다. 명예훼손 및 모욕."

곽도성은 고개를 흔들었다.

"그건 우리도 해 봤네. 그런데 안 걸려. 자네, 변호사라며?"

"압니다."

한국의 법은 현실을 따라가지 못하는 것으로 악명이 높다.

가령 인터넷에 호랑이라는 닉으로 활동하는 사람이 있다 치자. 그 사람에 대해서 온갖 욕설을 하고 패드립을 치고 모욕을 해도, 현행법상 그런 행위를 한 사람은 처벌받지 않는다.

명예훼손이나 모욕의 조건이 상대방이 특정될 것은 요구

하고 있기 때문이다.

다만 몇몇 경우, 즉 호랑이라는 닉으로 활동한 사람이 상당히 유명한 사람이거나 정모 등을 통해서 누가 호랑이인지 알려져 있는 사이라면 처벌할 수 있지만, 그렇지 않은 사람은 그게 안 된다.

"우리도 수십 번은 고발을 했네. 하지만 제대로 먹힌 적이 없어. 한 번도 말이야."

"맞아. 특정이 안 되면 안 된다잖아."

노형진이 씩 웃었다.

"그러니까 특정하면 되는 겁니다."

"응?"

"여기 있는 분들은 저희를 도와주실 수 있는 분들이지요?"

"그렇지."

"회원분들은 얼마나 됩니까?"

"여기 있는 사람들 다 합하면 대략 1천 명쯤 될걸."

"그러면 그들 중에 저들에게 넘어가거나 우리 정보를 흘릴 사람이 있습니까?"

"아니."

곽도성은 절대 아니라는 듯 말했다.

"그 새끼들한테 렙 다 한번 안 당해 보고 장비 하나 안 털려 본 사람이 없어."

고렙이 되면 1렙 올리는 데 한 달이나 걸리는 게임이다.

전쟁에 나설 정도의 고렙이면 분노하지 않을 수가 없다.

"그러면 저쪽으로 우리 작전이 넘어갈 가능성은 없는 거
네요?"

"없지."

"아, 절대로 귓말이나 창으로도 대화하면 안 됩니다. 상대
방이 진짜로 회사 관계자라면 그것도 볼 수 있으니까요."

"음……."

물론 그런 것까지 감시한다는 것은 무리일 수도 있다.

그러나 '혹시나'라는 말은 그냥 생긴 것이 아니다.

"문자랑 전화로만 하도록 하지. 그런데 방법이 있나?"

"네, 있습니다."

"방법이 뭔데?"

"현피요."

"엥? 현피?"

"네. 이제 거국적인 현피를 할 시점입니다, 후후후."

얼마 후 카오스 길드와 길드 연합의 2차전이 발발했다.

이런 경우는 상당히 드물기 때문에 상당수 커뮤니티에서
관심을 가지고 바라보았지만, 관전자가 많다고 지난번에 진
걸 이길 수는 없었다.

아니, 애초에 이길 수 있는 싸움이 아니었다.

"역시나."

노형진은 한 큐에 썰려 버리는 이쪽 캐릭터들을 보면서 혀를 끌끌 찼다.

"들어오는 대미지를 보니까 저쪽이 들고 있는데 8강 마스쿠스 같군."

"확률이 얼마나 됩니까?"

"8강? 대략 5% 되려나?"

"일반 마스쿠스 한 개가 가격이 얼마죠?"

"온라인상에서 대략 7만 원에서 8만 원 사이지."

"그런데 5%라."

이 게임에서 강화하려고 하다가 실패하면 아이템은 증발이라고 해서 소멸해 버린다.

즉, 5%라면, 스무 번 중 한 번 성공한다는 뜻이다.

"단순 계산으로도 열아홉 개는 날려야 한다는 뜻이군요."

노형진이 그렇게 단순하게 계산하자 옆에서 보고 있던 손채림이 피식하면서 웃었다.

"아닐걸."

"응?"

"5%라는 건 7강에서 8강 넘어가는 확률일걸."

"맞네."

손채림의 말에 곽도성이 인정하듯이 고개를 끄덕거렸다.

"에? 그게 무슨 말인지?"

"8강까지 가는 데 또 파괴된다는 거야. 7강 정도면 대략 10% 확률이지 싶은데?"

"헐?"

즉, 8강까지 가려고 한다면 최소한 수백 번은 실패해야 한다는 뜻이다.

"아무리 적게 잡아도 백 개는 날려야 할걸."

"백 개라. 800만 원인가요?"

"들어가는 돈이 그렇다는 거지, 가격은 더 높아. 희귀하니까. 그리고 8강까지 띄울 정도로 돈 많은 사람이 얼마나 되겠나? 현금 시세로는 1,200에서 1,400 정도 한다네."

노형진은 어이가 없었다.

"말도 안 되는군요."

"내 말이."

처음에는 몰랐다.

각자 자기 집이나 PC방에서 하는 온라인 게임의 특성상 들어오는 대미지를 몰랐으니까.

"그런데 평균 대미지가 이렇다는 건 저들이 비슷한 무기로 무장했다는 뜻이야."

게임을 오래 하다 보니 대미지를 보면 대충 무기 상태를 안다.

그런데 이 수치대로 보면 저들은 평균적으로 8강 마스쿠

스급, 또는 그에 준하는 무기로 무장했다는 뜻이다.

"거기에다 방어구까지 생각하면……."

아무리 성에서 버는 돈이 있다고 해도 절대로 흑자가 날 수가 없는 구조다.

"젠장, 죽었다."

누군가의 말에 노형진과 손채림은 쪼르르 달려갔다.

거기에는 죽어 있는 그의 마법사 캐릭터가 있고 그 앞에는 붉은색의 이름을 가진 검을 든 캐릭터가 있었다.

"현피 걸어요! 현피!"

"안 그래도 그럴 겁니다."

다행히 떨어트린 아이템은 잡템이었지만 경험치 손실로 레벨이 다운된 자신의 캐릭터를 보는 남자의 눈에서는 불이 나는 듯했다.

-야, 이 새끼야! 너 누구야! 너 나랑 붙자.

글을 쓰자마자 상대방은 바로 공격적으로 조롱하기 시작했다.

-지랄하네, 병신 새끼. 조또 약한 새끼가 주제도 모르고.
-너 어디야! 당장 거기 간다!
-성남이다, 이 씹새끼야. 조또 존만한 새끼가 깝치네. 네 어머니

는 너 같은 새끼 낳고 미역국 처먹었냐?

　-뭐? 너 죽을래?

　-병신 새끼. 나오지도 못할 아다 새끼가 아가리 터는 거 봐라. 엄마한테 가서 젖이나 더 달라고 해. 아, 안 되겠구나. 너희 엄마 몸 팔러 갔지? 이 창녀 자식아.

　"아오!"

　그걸 보고 길길이 날뛰는 남자.

　손채림은 그걸 보고 절로 눈을 찡그러뜨렸다.

　"이놈들, 원래 이래요?"

　"네, 원래 이래요. 절대로 곱게 안 넘어갑니다."

　전쟁 중에 상대방을 죽이고 나서 그냥 가면 억울하긴 하지만 어쩔 수 없다.

　그런데 매번 이런 식으로 온갖 패악질을 다 하다가 간다.

　"형사처벌을 안 받는다는 걸 아는 모양이군요."

　"그러니까 저 지랄이지요."

　뭐라고 하든 특정이 안 된다는 이유로 처벌을 안 하니까 그걸 믿고 저러는 것이다.

　"쯧쯧쯧."

　노형진은 한심스러운 생각이 들었다.

　"도대체 우리나라 법은 왜 이따위로 느린 거야?"

　"내 말이. 우리나라 정치인도 그렇고 법도 그렇고, 너무 느려."

사실 명예훼손은 그렇다고 쳐도 모욕은 감정에 관련된 법이라 현행 규정으로 처벌이 가능하다.

실제로 전혀 모르는 사람이 길거리에서 나한테 욕하면 처벌이 가능하다.

그런데 그게 온라인으로 옮겨 왔다고 무조건 특정이 안 되었다고 처벌하지 않으려고 하는 건 상당히 문제였다.

―너 이 새끼. 그래, 붙자. 내가 거기로 간다.

―네가 누군지 내가 어떻게 알아? 이 찐따 새끼야.

―나 박구성이라고 한다. 번화번호 010-○○○-○○○○이고 수원 장지동에서 향가 족발집 한다.

―얼씨구? 지랄하네, 병신 새끼. 그래, 와, 이 새끼야. 우리 동네 네모 공원으로 모레 10시까지 와. 알았냐? 면상을 처발라 버릴게.

그런 식으로 계속 이어지는 대화들.

물론 대화라고 해 봐야 이쪽에서 항의하면 저쪽은 신나서 떠드는 것이 다였지만 말이다.

"몇 명이나 모였죠?"

"현재 백일흔다섯 명."

손채림은 기록을 확인하면서 말했다.

"쯧쯧, 바보들. 사망진단서에 사인하는 줄도 모르고."

노형진은 그렇게 말하면서 머리를 흔들었다.

"하여간 넌 어디 가서 참 재미있는 사건만 가지고 온다니까."

"하하하."

그때였다. 저 멀리서 서세영의 목소리가 들려왔다.

"오빠! 오빠! 그놈이야! 그놈!"

"그놈?"

"카오스 길드 길마!"

노형진은 잽싸게 달려갔고, 화면에는 쓰러진 그녀의 캐릭터와 상당히 강해 보이는 캐릭터 하나가 서 있었다.

지금까지와 그다지 다를 바 없는 장면이었지만, 노형진의 입장에서는 살짝 열 받을 수밖에 없었다.

"이놈 봐라?"

그녀가 여자인 것을 알고 있어서 그런지 마구 성희롱을 하는 녀석.

그리고 부모에 대한 패드립까지.

문제는 그녀는 사실상 노형진의 집안에서 같이 산다는 것이다.

그러니까 저 패드립은 자신의 어머니에 대한 패드립인 셈.

"어쩌지?"

"어쩌긴."

노형진은 웃었다. 그러나 그건 기분 좋은 웃음이 아니었다.

그 미소를 본 손채림은 간단하게 표현했다.

"누구 하나 죽겠구만, 쯧쯧."

"저 새끼는 내 친히 조져 준다."

노형진의 눈이 당장이라도 광선이 날아갈 듯 불을 뿜기 시작했다.

전쟁은 계속되고 있었다. 그리고 기록은 점점 쌓이고 있었다.

저쪽도 숫자가 많고 이쪽도 숫자가 많기 때문에 모욕의 양은 어마어마했다.

한 사람당 못해도 50건의 모욕죄가 성립되는 양.

"나올까?"

손채림은 공터를 보면서 중얼거렸다.

"나와도 그만, 안 나와도 그만이야."

"하긴. 이제 인생 어떻게 살려나."

"내 알 바 아니지."

오늘은 현피를 하는 날이다.

곽도성에게 온갖 욕설을 날린 녀석의 집 근처까지 찾아왔는데 과연 나올지 안 나올지가 관건.

"자기 말로는 나온다고 했으니 기다려 봐야지요."

"뭐, 다들 온라인에서는 쫄리기 싫어서 그렇게 떠들기 마련이지요. 달리 키보드 워리어라고 하겠습니까?"

"흠······."

"어차피 현피라고 해 봐야 나오는 경우는 1%도 안 되기는 하지만."

"그 1%가 되는 것 같은데?"

저 멀리 나오는 남자.

상당한 덩치를 자랑하는 그를 보면서 노형진은 눈을 찌푸렸다.

"저 녀석일까?"

"그런 것 같은데? 이쪽으로 똑바로 오잖아?"

"그런 것 같지?"

그는 운동을 하는 사람인지 반팔을 입고 있었고 근육으로 온몸이 꽉 차 있었다.

"저러니까 현피에 자신이 있어서 나온 모양이네."

"그러네."

저 정도면 누구든 이길 수 있을 테니까.

하지만.

"그런데 뇌까지 근육인가 봐."

"큭큭."

근육만 믿어서 그런 건지 아니면 생각이 없는 건지, 그는 오자마자 대뜸 소리를 질렀다.

"엄마백원만이 어떤 새끼야! 빨리 안 기어 나와! 나오기만 해 봐라! 아가리를 찢어서 죽여 버릴 거야!"

곽도성은 앞으로 나가려고 했다. 그러나 노형진이 그를 붙잡았다.

"나가지 마세요."

"네?"

"나가지 마시라고요."

"아니, 왜요?"

이번 현피는 서버에 소문이 났다. 주변에 그걸 구경하러 사람들이 많이 왔다.

심지어 인터넷 커뮤니티에까지 퍼져서, 주변에 구경 온 사람만 수십 명이다.

"이거 안 나가면 제가 거짓말쟁이가 되어 버립니다."

"압니다. 하지만 더 재미있는 걸 보여 주면 되지요."

"네?"

"기다려 보세요."

노형진은 히죽 웃었다.

"아오, 어쩐지 이 씨발 새끼, 말만 번지르르하지 결국 안 기어 나올 줄 알았어. 그런 새끼가 무슨 길마라고."

피식거리던 남자는 아무리 도발해도 아무도 안 나오자 결국 다시 돌아가려고 했다.

그러자 그제야 그에게 다가가는 노형진.

"응? 뭐야? 네가 엄마백원만이냐?"

"아뇨. 전 그분의 변호사입니다."

"변호사?"

"네."

"이 새끼가 현피를 하자고 하더니 꼴랑 변호사나 보내?"

비웃음이 가득하게 변하는 그 얼굴.

그러나 그의 비웃음은 그리 오래가지 않았다.

"현피라는 건 현실에서 싸우는 걸 뜻할 뿐입니다. 그리고 현실에서 싸우는 방법은 여러 가지가 있지요."

"뭔 개소리야?"

남자는 어이가 없다는 표정으로 노형진을 내려다보았다.

그렇다. 내려다보았다.

하긴, 내려다볼 수밖에 없는 구조다.

'2미터 좀 넘으려나?'

노형진은 일반적인 성인 평균이다. 모 방송국의 표현을 빌리자면 루저급에 속하는 등급.

그에 반해서 이 남자는 척 봐도 2미터는 넘어 보인다. 그러니 위너라고 할 수 있지만…….

'근육이 위너면 뭐해.'

노형진은 피식 웃으면서 뒤를 돌아봤다.

그러자 뒤에서 노형진처럼 루저급 체급을 가진 두 사람이 나타났다.

"얼씨구, 패거리 끌고 온 거냐?"

"패거리는 아닙니다."

"뭐?"

어리둥절한 사이, 두 사람은 그에게 자신의 신분증을 내밀었다.

"경찰입니다."

"경찰?"

경찰이라는 말에 눈을 찌푸리는 남자.

"남자가 말이야, 가오가 있지. 현피 장소에 맞짱 뜨러 오면서 경찰을 데리고 와? 어이가 없네."

그는 자신이 잘못한 게 없다고 자신했다. 그래서 상대방을 마음껏 비웃었다.

물론 현장에서는 잘못한 게 없다. 현피를 약속했다고 하지만 진짜로 싸움이 벌어진 것은 아니니까.

하지만.

"경찰서로 함께 가 주셔야겠습니다."

"뭔 죄목으로?"

"57건의 명예훼손 및 모욕, 성희롱에 대해서요."

"뭐라고?"

당황하는 남자.

명예훼손 및 모욕이라니?

"난 그런 거 한 적 없다고!"

"인터넷에서 하지 않았습니까?"

"지랄하지 마! 그건 처벌 안 받는다고! 이미 다 들었어!"

'들었어?'

노형진은 눈을 찌푸렸다.

저 말이 가지는 뜻은 생각보다 복잡하다. 누군가 그에게 어드바이스를 해 줬다는 뜻이다.

과연 그런 걸 누가 어드바이스해 줄까? 변호사가?

'그럴 리 없지.'

결국 길드에서 해 줬다는 뜻인데.

"그건 어디까지나 상대방이 특정되지 않았을 때의 이야기고."

"씨팔! 상대방이 누군지 알고!"

"당신은 누군지 알지. 상대방 이름과 주소, 전화번호, 직업과 직급까지 말이야."

"응?"

"인터넷에서 다 말해 줬잖아."

경찰은 피식거리면서 웃었다.

"그거야 그런데……."

"그걸 보통 특정이라고 하지."

그리고 상대방이 특정되는 순간 명예훼손 및 모욕 그리고 성희롱은 그 위력을 자랑한다.

"그동안 참 바빴네."

그가 모욕한 것은 곽도성 한 명이 아니다.

전쟁 중이고, 죽이는 대로 매번 그런 식으로 모욕하고 희롱했다. 당연히 그건 다 증거로 남았다.

"각 사건은 다른 시간에 다른 사람을 대상으로 이루어진 범죄행위이지요. 당연히 개별 사건으로 들어가고 말입니다. 증거도 있으니 현행법상 죄가 성립되는 것은 맞습니다."

노형진은 그러면서 경찰을 바라보았다.

"그러면 어떻게 될까요? 전과 57범이라."

"쯧쯧."

경찰은 고개를 흔들었다.

"전과 57범이면 인생 끝난 거지."

"헐……."

얼굴이 사색이 되는 남자.

물론 이걸 가지고 실형이 나오지는 않는다. 하지만 벌금은 어마어마하게 나올 것이다.

벌금만이 문제가 아니다.

벌금을 내고 난 후에 취업이라도 할라치면 전과 57범짜리를 누가 고용하겠는가?

결국 미래를 위해서는 합의해야 하는데…….

"아, 합의금은 400만 원 이하로는 생각 안 합니다."

사색이 되다 못해 얼굴이 시퍼렇게 질린 남자.

아무리 자신이 운동을 해서 사회적으로 무식하다고 하지만 경찰과 변호사까지 끼어서 하는 일이 절대 자신에게 유리할 수 없을 거라는 정도의 눈치는 있었다.

"자…… 잠깐만요. 전 모르고 그런 거예요!"

"모르고가 아니라 알고 그랬잖아요. 증거가 넘쳐요."

경찰은 머리를 흔들었다.

"일단은 참고인으로 동행해 주셔야 합니다."

"참고인?"

"네."

"그러면 저 안 가도 되는 건가요?"

어디서 주워들었는지 참고인은 안 가도 된다고 생각하는 남자.

물론 틀린 말은 아니다.

참고인은 경찰이 참고만 할 목적으로 도움을 요청하는 대상에 대한 호칭이기 때문에 강제로 경찰서에 가야 하는 강제력은 없다.

"맞습니다."

노형진은 고개를 끄덕거렸다.

"하지만 다음번에는 수갑을 차고 갈지도 모르지요."

"수…… 수갑?"

"도망 다니다 보면 구속영장이 나올지도 모르고 현상금이 붙을지도 모르지 않습니까?"

물론 이런 걸로 현상금이 붙을 가능성은 제로에 가깝지만.

"어찌 되었건 경찰에서는 당연히 잡아들이려고 할 테지요."

구속영장은 어쩌면 나올 수도 있다.

구속영장 발부의 기준은 상대방의 죄의 경중이 아니라 상대방이 도주나 범죄 은닉의 가능성이다.

스크린샷으로 다 찍혀 있으니 범죄 은닉은 못 하겠지만 경찰의 동행 요구를 거절한 이상 도주 위험은 있을 수 있다.

그러니 구속영장이 발부될 수도 있는 것이다.

"구…… 구속영장……."

얼굴이 더더욱 하얗게 질리는 남자.

그리고 그 옆으로 다가오는 한 남자

"이분이 바로 엄마백원만입니다."

"다…… 당신이……."

"아, 그러고 보니 죽여 버리겠다고 한 게 있었지요?"

"네? 아, 네."

곽도성이 고개를 끄덕거리자 노형진은 경찰을 바라보면서 말했다.

"명백하게 협박의 현행범이네."

"음……."

물론 협박은 현행범으로 보기가 참 애매하기는 하지만 확실한 건 고발이 들어왔다는 것이다.

"경찰서로 갑시다."

다른 건 다 필요 없다. 결국은 경찰서로 가는 게 정답이다.

그리고…….

"한 번만 봐주세요!"

상대방은 바로 돌변했다.

으르렁거리면서 자신의 남자다움을 자랑하며 강함을 어필하려고 했을지는 모르지만, 그건 어디까지나 자신에게 피해가 없을 때나 가능한 것이다.

그런데 구속영장이라니.

"제가 그러려고 그런 게 아니에요! 진짜예요! 제가 쓴 게 아니에요! 우리 집 고양이가 썼어요!"

무릎을 꿇으면서 빌기 시작하는 남자.

아까는 내려다보던 남자는 이제는 노형진을 올려다보는 처지가 된 것이다.

"고양이가 썼다는 증거를 가지고 오세요. 그나저나, 그런 고양이가 있으면 합의금은 걱정 안 해도 되겠네요."

"네?"

"그렇게 똑똑한 고양이라면 전 세계에서 몇백억을 주더라도 사려고 하는 사람이 있을 테니까요."

"어어……."

"같이 가시죠."

경찰은 더 이상 기다리지 않았다. 아니, 그럴 필요가 없었다.

"같이 가서 진술하셔야 할 거 많습니다."

"잠시만요! 잠시만요!"

애걸복걸을 하는 남자.

그러나 그런다고 해도 노형진이 해 줄 수 있는 건 없었다.

"못 들으셨나 본데 명예훼손 및 모욕과 성희롱, 그건 모두

57건입니다. 저희가 여기서 용서해 드려도 56건이나 남습니다. 뭐, 용서해 드릴 생각도 없습니다만."

"이건 뭔가 잘못된 거야!"

그는 그러면서도 경찰의 손길을 뿌리치지 못했다.

그는 운동을 하는 사람이고, 경찰을 잘못 건드려서 일이 꼬이면 인생이 끝이라는 것은 익히 들어 왔기 때문이다.

"아니야! 이건 함정이야!"

소리소리 지르면서도 어쩔 수 없이 경찰차에 타는 남자.

그리고 그걸 본 사람들은 엄청 신나 했다.

"이야, 짱인데?"

"역대급 현피다."

"그냥 감빵까지 다이렉트네."

"'인생은 실전이다.'의 완결판이다! 완결판!"

설마 여기서 바로 구속될 줄 몰랐던 사람들은 자신들이 촬영한 걸 보면서 키득거렸다.

"이게 끝입니까?"

곽도성은 끌려가는 남자를 어이가 없다는 듯 바라보았다.

"끝은 아니죠. 저놈은 그저 일반 유저일 뿐입니다, 카오스 길드에 들었다고 패악질을 하면서 다닌. 하지만 전에도 말씀 드렸다시피 이건 기업이 끼어들 수밖에 없는 사건입니다. 일단 일반 유저들은 작살을 내 놨으니 기업을 털어야지요."

"끝이 아니라고요?"

"이제 시작입니다. 지금쯤 현피가 이루어지고 있을 테니까요."

현피가 진짜로 이루어지든 말든 그건 상관이 없다.

중요한 것은 자신들이 필요로 하는 영상은 건졌다는 것이다.

"아마도 대부분의 현피는 일어나지 않았을 테지만."

중요한 것은 그들의 본모습을 촬영하는 데 성공했다는 것이다.

"네티즌, 특히 같은 취미를 공유하는 사람들은 반응이 빠르지요."

실제로 인터넷상의 게임에서 벌어진 일은 같은 게임을 하거나 일반적으로 게임을 즐기는 플레이어들 사이에서 제법 유명해지곤 한다.

"그리고 그게 기업에는 압력으로 작용됩니다."

"그래서요?"

"결국 그들은 몸을 사리게 되는 거죠."

이해하지 못하는 얼굴이 되는 곽도성.

노형진은 그냥 웃고 말았다.

"기다려 보세요. 조만간 반응이 있을 테니까, 후후후."

⚖

고소장이 들어가고 난 후에 카오스 길드의 움직임은 확연하게 줄어들어 버렸다.

그럴 수밖에 없다.

대부분의 일반 길드원들이 경찰의 연락을 받았고, 언제나 그런 것처럼 바로 꼬리를 물고 잠수 타기 시작한 것이다.

"얼마 전까지만 해도 서로 못 죽여서 안달이었는데."

그런데 말 그대로 단 하룻밤 만에 모든 것은 사라졌다.

그들은 아예 게임 자체에 접속을 하지 않고 있었다.

하긴 게임을 하다가 고소당했는데 다시 게임에 들어올 기분이 나겠는가?

"그런데 이건 생각도 못 했는데요."

고소를 하면 그 과정은 간단하다.

경찰이 가입자의 정보를 요청하면 기업은 가입자의 정보를 주는 것이 보통이다.

그런데 기업에서 갑자기 영장을 가지고 오라는 주장을 하면서 주지 않았던 것이다.

"이게 정상입니까?"

"정상은 아니죠. 뭐, 법적으로는 맞는 말이기는 한데."

법적으로는 맞는 말이기는 하다.

하지만 일반적으로 경찰에 대한 협조 차원에서 그냥 주는 것이 보통이다.

'원래는 이런 일은 훨씬 더 미래에 벌어져야 하는데.'

지금은 상관없지만 얼마 후 정부의 무차별적인 민간인 사찰과 고소 고발로 인해서 각 인터넷 업체들이 영장을 요구하기는 한다.

하지만 이번 경우는 아니다. 이런 일은 없었다.

'결국 뭔가 숨기고 싶다 이건데.'

"어쩌지?"

손채림은 상당히 곤혹스러운 얼굴이 되었다.

"그걸 줄 리 없잖아."

"그건 그렇지."

한 명도 아니고 수백 명에 대한 영장 청구다. 그러니 그걸 판사가 허락해 줄 리 없다.

"결국 정보를 못 준다는 건데."

영장을 청구하려면 검찰로 넘기고, 검찰에서 영장을 청구하고, 그걸 가지고 소환하고, 다시 조사해서 다시 검찰로 넘겨야 하는데, 그사이에 영장 실질 심사라도 끼어 버리면 일은 급속도로 커진다.

"그들도 말하지 못하는 이유가 있는 것 같은데?"

"알아. 아마도 그 계정 주인들이 직원이거나 그래서 그런 것이겠지."

그렇게 되면 자신들이 욕을 안 먹을 수가 없다. 그러니 그게 싫어서 주지 않으려고 할 수도 있다.

"뭐, 방법은 하나뿐이지. 영장 청구."

"하지만 수백 개를 어떻게 청구한다고?"

그러나 노형진은 그저 피식 웃었다.

"수백 개? 누가 수백 개를 청구한다고 해?"

"응?"

"청구할 영장은 하나뿐이야."

"하나?"

"응. 딱 하나 그거면 돼. 아마 안 줄 수는 없을걸."

"서버?"

담당 검사를 만난 노형진은 일종의 조언을 했다.

"네. 개개인의 영장을 청구하는 건 상당히 힘들죠. 업무도 많아지고요."

"그렇지."

"하지만 서버를 가지고 오면 다 해결됩니다."

"법적으로는 틀린 말이 아닌데요⋯⋯."

영장이란 기본적으로 누군가 가진 물건을 가지고 오는 것이다. 그러나 영장이 절대적인 것은 아니다.

그럴 수밖에 없는 게, 영장은 최소한의 한도로 하도록 되어 있기 때문이다.

"이 경우는 그 기준에 따를 수밖에 없습니다."

무슨 뜻이냐면 서버의 영장을 청구할 수 없다는 것이다.

최소한의 한도, 그러니까 가해자의 신상만 청구할 수 있다고 보기 때문이다.

"압니다."

노형진은 예상했다는 듯 고개를 끄덕거렸다.

"그걸 알면서 저한테 그런 말을 하는 이유가 뭡니까?"

"판사가 영장을 기각시켜 주실 테니까요."

"응?"

"영장을 청구하는 것은 검찰입니다. 그건 뭐 당연한 거니 문제 될 게 없지요."

"그리고 그걸 기각시킨다?"

"네."

"그러면 무슨 의미가 있지요?"

"일반적으로는 의미가 없지요. 하지만 지금은 아닙니다."

현재 그들의 불법행위와 현피 동영상은 인터넷에 빠르게 퍼지고 있다. 카오스 길드의 악행 역시 빠르게 퍼지고 있다.

수백 명이 고발된 게임과 그 현피.

하나같이 사람들의 관심을 끌 만한 것이었고, 언론도 지대한 관심을 보이고 있다.

"이 상황에서 검찰이 서버의 영장을 청구한다면 어떻게 될까요?"

"글쎄요."

"게임 못 합니다."

"에?"

젬알못인 검사는 이해하지 못했다.

하지만 서버는 온라인 게임에서는 일종의 생명 같은 것이다.

"그걸 압류하면 회사는 게임을 구동시키지 못합니다. 압류 기간이 길어질수록 게임을 하는 사람들도 점점 떠나겠지요."

"아까도 말했지만 안 된다니까요."

노형진이 말한 것은 서버 압류가 제대로 진행될 때의 이야기다.

하지만 판사가 미치지 않고서야 그걸 허락할 리 없다.

"상관없습니다."

"상관없다?"

"네. 중요한 것은 시도지요."

만일 서버에 대한 압류를 시도한다?

그건 빠르게 시중으로 소문이 돌 것이다.

카오스 길드의 악행이 널리 알려진 상황에서 사람들은 서버 압류에 그다지 큰 저항을 하지는 않을 것이다.

물론 기각이야 되겠지만, 사람들에게는 그 사실이 각인될 것이다.

"그렇게 되면 게임의 가치는 현격하게 떨어집니다."

"아!"

게임의 가치가 떨어지면 사람들은 떠나고 게임은 망한다.

그리고 거기에 투자한 투자자들은 게거품을 물게 될 것이다.

"그냥 심리적 전술이군요."

"애초에 압류 못 한다는 게 나쁜 건 아니죠."

물론 미래처럼 무차별적인 감사나 민간인 사찰을 목적으로 요구하는 것이라면 당연히 사람들은 기업 편을 들 테지만, 이 경우 수백 명의 범죄자를 보호하기 위해서 그들이 주지 않는 상황이니 사람들이 기업 편을 들어 줄 리 없다.

"언론에서 뭐라고 하지 않을까요?"

"제가 그래서 이미 인터넷에 뿌린 거 아닙니까?"

"허."

현피 동영상.

그것으로 인해 인터넷은 상당히 시끄러웠다.

대부분 상대방이 안 나왔지만, 상대방이 나온 몇 안 되는 사건은 인터넷에 올라갔고 그들의 범죄 사실도 함께 공개되었다.

물론 실명은 안 나갔고 카오스 길드라는 길드명만 나갔다.

'그렇게 하면 명예훼손의 대상이 안 되지, 흐흐흐.'

길드명은 언제든 바꿀 수 있고 사람을 특정한 게 아니기 때문이다.

당연히 해당 뉴스는 빠르게 언론으로 퍼져 나갔고 그들에 대한 적대도는 상당한 상황.

"위에서는 게임을 살리기 위해서는 그들의 개인 정보를 주는 수밖에 없습니다."

자신들이 주지 않을수록 범죄자를 보호한다는 이미지는 더욱 강해질 테고, 그럴수록 게임은 몰락할 것이다.

게임이 잘된다 해도 영원한 것은 없다.

뭐 하나 잘못되면 한순간 훅 가는 것이 바로 게임이다. 대체할 것은 얼마든지 있으니까.

"재미있겠군요."

검사는 이해가 간다는 듯 씩 웃었다.

"과연 그들이 어떻게 나올지 한번 두고 보는 것도 나쁘지 않겠군요."

"하지만 그들이 갈 만한 길은 하나뿐이지요, 후후후."

게임 오버

얼마 후 예상대로 그들은 가해자들의 개인 정보를 넘겼다.

언론에서뿐만 아니라 인터넷에서도 범죄자를 보호한다는 식으로 이야기하자 매출이 급락했기 때문이다.

노형진은 그 기록을 보면서 혀를 끌끌 찼다.

"내 이럴 줄 알았다."

"알았다고?"

"그럼."

"아니, 그러면 왜 달라고 한 거야?"

"이게 필요하니까."

그들이 준 정보는 가짜였다.

정확하게는, 그 정보를 가지고 부른 사람들 중 일부는 자신은 그런 게임을 한 적이 없다고 항변했다.

물론 전부가 다 그런 것은 아니다.

대부분은 자기 잘못을 뉘우친다면서 한 번만 용서해 달라고 울부짖었다.

그러나 이미 버스는 지나가도 한참 지나간 상황.

"특이하지 않아?"

"응?"

"이 닉을 봐. 이 닉에 따르면 그들이 준 정보 중에서 자신은 한 적이 없다고 주장하는 사람들은 대부분 카오스 길드에서 상당한 직위를 가진 사람들이었어."

"무슨 소리야?"

"쉽게 말해서 도용이라는 거지."

"도용?"

흔하게 벌어지는 일이다.

"그러면 진짜 누군지 찾지 못한다는 거야?"

"찾지 못하는 게 아니라 찾지 않는 거지."

대부분의 경찰 수사는 여기서 딱 끝난다. 그래서 대부분의 사람들이 고소해도 의미가 없다고 하는 것이다.

특정이 안 되어서 처벌 못 한다고 하다가 특정되고 난 후에 상대방이 도용이라고 하면 그걸로 그냥 사건을 종결 처리하는 것이다.

"진짜 도용도 있고 도용이 아닌 사람도 있지만 말이야."

"그러면 어쩌지?"

상대방이 도용이라고 주장한다면 이쪽에서는 뭐라고 할 수가 없다.

"그건 어디까지나 도용이라고 주장하는 것에 관한 거야."

"응?"

"도용당한 사람들은 누구?"

"누구인데?"

"피해자지, 후후후."

⚖️

노형진은 그날부터 바로 도용이라고 주장하는 사람들을 설득했다.

피해자이니 가해자에게서 배상금을 받을 수 있다고, 그러니 의뢰를 해 달라고.

공짜로 돈을 받을 수 있다는데 거절하는 사람은 없었고, 그걸 이용해서 노형진은 바로 서버를 털었다.

"이건 생각도 못 했는데?"

"그렇지?"

서버를 턴다고 해서 뭐가 나오는 것은 아니다.

범죄에 대한 고발을 하고 다시 서버를 털었으니 서버에서는 당연히 그 사용 기록이 나왔다.

"어디 보자."

노형진이 노린 것은 다름 아닌 IP다.

IP는 인터넷 회사의 주소 같은 것이다. 당연히 실제 주소도 알아낼 수 있다.

피해자들이 고발하자 회사는 울며 겨자 먹기로 IP를 줄 수밖에 없었다.

"의외네. 그것도 가짜로 주거나 안 줄 거라 생각했는데."

"막을 수가 없다고 생각하는 거겠지."

가짜를 주면 바로 걸릴 수밖에 없다.

사실 가짜라고 판단되면 공급 업체와 비교하는 것도 방법이기 때문에 가짜를 줄 수가 없다.

"그리고 그렇게 되면 상황이 달라지거든."

만일 가짜를 줬다가 걸리면 그때는 단순히 개인 정보를 보호하거나 착오로 움직이는 게 아니라 조직적으로 정보를 은폐했다는 정황증거가 된다.

"그런 증거면 서버 압류의 정당성이 성립되는 거지."

가해자를 조직적으로 은폐하는 대상에 대해서는 당연히 서버 압류를 할 수 있다.

"결국 자기 함정에 빠진 거네."

"그렇지."

"그런데 왜 다른 사람들은 이렇게 안 한 거야?"

"복잡하니까."

일단 다른 사람들은 피해자도 한 명, 가해자도 한 명이다.

그러니 경찰도 제대로 수사를 안 하고, 설사 한다고 해도 귀찮고 피곤하니 대부분은 포기하기 마련이다.

당장 피해자가 포기를 못 한다고 해도 도용 피해자가 귀찮다고 안 해 버리면 방법은 없다.

"그래서 합의금 이야기를 한 거구나."

"그래."

그냥 도와 달라고 하면 대부분은 도와주지 않았을 것이다.

하지만 의뢰를 맡기는 조건으로 도장 한 번만 찍어 주면 합의금을 받을 수 있다고 하는데 누가 거절하겠는가?

그 결과, IP를 추적해 그 주소지를 알아낼 수 있었다.

"여기가 주소지인데."

그들이 도착한 곳은 허름한 빌딩이었다.

그러나 이미 그 안은 텅 비어 있었다.

"역시나 튀었네."

그들은 3층을 통째로 빌려서 쓰고 있었다.

그러나 경찰이 영장을 가지고 갔을 때 그들은 이미 모조리 들고 튄 후였다.

"대여자는 전혀 모르는 관계이고 모든 돈은 현금으로 지급했다라."

그들을 추적할 수 있는 방법은 없었다.

명의까지 도용해 가면서 일하는 놈들이니 이 정도 수고는 일도 아니었을 것이다.

"하긴 수십억이니."

손채림도 이해가 간다는 듯 고개를 끄덕거렸다.

세금도 내지 않는 수십억의 수익이 매달 생기는데 이 정도 노력은 기본일 것이다.

자신이라도 그 돈이 생긴다면 당연히 이 정도는 할 것이다.

"방법이 없겠는데요?"

경찰은 머리를 북북 긁었다.

'없는 건 아니겠지.'

이런 식으로 사기 치는 놈들이 한두 놈이 아니다. 그런데 그들을 못 잡을까?

못 잡지는 않을 것이다. 매번 잡을 놈은 잡는다.

'그렇지만 이건 인사고과가 얼마 안 된다 이거지.'

아마도 경찰은 인사고과에 별 도움도 안 되는 이런 걸 가지고 집요하게 따라붙는 노형진이 짜증이 날 것이다.

그렇다고 여기까지 따라오는 그에게 뭐라고 할 수도 없고 말이다.

"그래요? 방법이 없다고요?"

"방법이 없죠. 누군지 흔적도 없고, 기록도 없고."

"그렇단 말이지요."

노형진은 피식 웃고는 지하로 내려갔다. 그리고 경비를 불렀다.

"아저씨."

"응?"

"혹시 여기 3층으로 등록된 차 있어요?"

"등록된 차?"

"네."

"그건 왜?"

"변호사인데 사건 관련해서 증거로 삼으려고요."

"아이구, 어쩐지 다급하게 다 버리고 가더라니, 무슨 사기꾼 기업이었나 보네."

경비는 혀를 끌끌 차면서 안쪽으로 들어가더니 몇 개의 차량 번호를 들고 왔다.

"이건?"

손채림은 그걸 보고 어이가 없다는 표정이었다.

확실히 이런 건 도망간다고 해서 기록이 삭제되는 것은 아니다.

"이런 기업에 출근하라면 당연히 차량을 등록하지 않겠어? 각자 기업마다 주차장 자리가 정해져 있는데."

"헐."

물론 외부에서 들어오는 사람들은 그렇지 않을 것이다.

그러나 직원들은 매일같이 들어왔다가 나갔다 해야 하니 당연히 자신의 차량을 등록했을 것이다.

"길이 없어요? 길은 만들면 되는 겁니다."

노형진은 그걸 건네주면서 비웃음을 날렸고, 경찰은 자신의 본심을 들킨 탓에 차마 고개를 들지 못했다.

차량에 대한 조회를 하자 차주가 누군지 바로 나왔고, 차주에 대한 체포 영장이 발부되었다.

물론 차주는 억울해했다.

"전 진짜로 모른다니까요!"

"그래요? 명예훼손과 모욕, 허위 사실 유포, 성희롱, 개인 정보 보호법 위반까지 걸리는 게 한두 개가 아닌데? 모른다? 판사가 그 말을 믿어 줄 것 같아요?"

경찰은 그들을 마구 공격했다.

지금까지 자신들을 괴롭힌 게 그들인 것처럼 말이다.

그들은 처음에는 모른 척하면서 버티려고 했지만 점점 일이 커진다고 생각하자 버틸 수가 없었다.

"이거 당신들 독박입니다. 아시죠?"

"독박이라니요?"

"당신들이 저질렀으니 당신들이 감옥에 가야지요."

경찰은 시큰둥하게 말했지만 그 말을 들은 사람들의 입장에서는 당황할 수밖에 없었다.

"아니, 우리는 그냥…… 시키는 대로……."

이것이 법이다

"그래서 누가 시켰는데요?"

말을 하려던 남자는 아차 싶었다.

절대로 말하지 말라고 몇 번이나 경고받았기 때문이다.

물론 경찰이 바보가 아니다.

이런 경우가 처음도 아니고, 기업 차원에서의 불법이라는 것은 결국 사람이 나서서 해야 하는 일이다.

그리고 그 사람이 협박받아서 입을 다무는 건 흔하게 있는 일이다.

"뭐, 입을 다물고 싶다면 그러세요."

경찰이 의외로 순순히 뒤로 물러나자 사람들은 의심스러운 눈빛으로 그를 바라보았다.

물론 정말로 그렇게 순순히 물러날 리 없었다.

"하지만 돈은 많이 벌어 놔야 할 겁니다."

"돈? 무슨 돈요?"

"아까 말했잖습니까, 독박이라고. 저기 저쪽, 보이시죠? 피해자들 변호사입니다. 수백 건의 명예훼손과 모욕, 허위 사실 유포, 성희롱, 거기에다 개인 정보를 도용했으니 개인 정보 보호법 위반까지. 이건 뭐 이것저것 다 하면 한 10년은 나오겠네."

"네? 잠깐만요! 그런 말은 없었는데……!"

"그러니까 이제 하고 있지 않습니까? 돈 갚는 거 말고도 안에서 쓰려면 돈 많이 필요할 거예요. 요즘은 사식 따로 안 받아요. 대신에 돈으로 받으니까 돈 받아서 펑펑 쓰세요."

시큰둥하게 말하는 경찰.

척 봐도 상대가 어떻게 나오든 아무런 관련이 없다는 태도였다.

"저도 퇴근해야 하니 이쯤 하죠."

"퇴근이라니요?"

"말 안 하신다면서요? 그걸 왜 제가 붙잡고 있으면서 조사합니까? 어차피 말 안 하시고 책임은 본인이 지신다고 하는데. 열 시간을 하든 스무 시간을 하든 어차피 안 하실 거, 저도 칼퇴라도 해야지요."

아주 능숙하게 서류 작업까지 하는 그는 서 있는 다른 사람을 불렀다.

"어이, 김 순경. 이 사람, 안에 집어넣어."

"네."

김 순경은 아무런 대꾸도 하지 않고 그를 붙잡아 세웠다.

생각과는 다른 상황에 그는 당황했다.

"잠깐만! 이, 이게 아니죠!"

"뭐가 아니에요?"

"당신이 조사해야……."

조사해야 변호사가 나오고 회사에서 변호사를 보내 줘야 자신이 풀려날 수 있다. 그런데 조사도 안 한다?

"아니, 본인이 책임지신다면서요? 그러면 무슨 변호사가 필요해요?"

"그러면 그 책임의 한도는?"

"모조리겠지요. 아마도 한 5억은 넘지 않을까요?"

"5…… 5억!"

"피해자만 이백 명이 넘습니다. 그런데 그 정도 각오 안 하셨어요? 제가 봐서는 건당 300만 원은 배상하셔야 할 텐데."

입을 쩍 벌리는 남자.

"전 그러려고 그런 게 아니라니까요!"

"전 모르죠. 제가 아는 건 절대 말 못 한다, 위가 있지만 절대 말 안 할 거다 이것뿐인데, 그럼 결국 자기가 책임진다는 거죠, 뭐."

그러니 수사할 필요도 없다고 물러나는 경찰.

그러자 그는 바로 돌변했다.

"위에서 그렇게 시킨 거예요!"

"거짓말 마요. 이 사람, 위증할 사람이네."

"아, 진짜라니까요! 버티고 있으면 변호사 보내서 꺼내 준다고 했다고요!"

"말이 되는 소리를 해요. 당신이 책임진다고 하면 그쪽에서는 변호사비고 뭐고 안 줘도 되는데 왜 변호사를 보내 줘요? 어이가 없는 사람이네."

"진짜라니까요."

"아까부터 왜 그래요? 나 퇴근해야 한다니까."

"진술할게요! 한다니까요!"

"아, 진짜 하지 말라니까요. 나 퇴근해야 한다니까."

"하게 해 주세요!"

"아니, 당신이 책임지든 뭐든 내 알 바 아니지. 왜 사람을 귀찮게 해!"

"진술 안 받아 주면 당신 고발할 거야!"

"아, 씨발."

경찰은 눈을 찌푸리면서 다시 자리에 앉았다.

"빨리빨리 합시다. 귀찮으니까. 이름."

저 멀리서 그걸 보고 있던 손채림은 키득키득 웃었다.

"이야, 저 사람, 일 잘한다."

"경찰이라고 해서 다 무능한 건 아니니까."

그는 행동으로 보여 준 것이다.

당신이 뭐라고 하든 어차피 기업에서 버림받을 거라는 사실을 말이다.

그러니 상대방의 입장에서는 입을 다물 수가 없었을 것이다.

그러나 세상은 호락호락하지 않았다.

그들이 자백하려는 그때였다.

"더 이상 말하지 마세요."

"당신, 뭐야?"

"변호사입니다."

갑자기 끼어든 한 남자. 그는 지갑을 내밀면서 형사에게

윽박질렀다.

그러자 형사는 얼굴을 찡그러트렸다.

그럴 수밖에 없는 게, 변호사가 있으면 대부분의 경우 입을 다물기 때문이다.

"변호사가 왜?"

"백남술 씨가 보냈습니다."

그러자 입을 다물어 버리는 남자.

막 진술을 받으려는 찰나에 그래 버리니 제대로 진술도 받지 못한 경찰의 얼굴에는 짜증이 떠올랐고, 노형진 역시 눈을 찡그러트렸다.

"백남술? 그게 누군데 갑자기 저래?"

"사장."

"사장?"

"그래. 렌야 사장이야."

손채림은 그가 누군지 잘 알고 있었다.

그녀가 가장 먼저 한 것이 바로 정보를 찾는 것이었으니까.

"지금의 렌야를 만들어 낸 사람이야. 능력이 있는 사람이지."

"그렇겠지."

중요한 것은 능력이 있다는 것과 인성이 좋다는 것은 전혀 다른 문제라는 것이다.

차라리 능력이 없고 나쁜 놈이면 혼자라도 죽겠지만, 능력 있고 나쁜 놈이면 사람들의 고혈을 빼먹는다. 지금 대동해

온 변호사 옆에서 노형진을 노려보는 딱 저놈처럼.

"도대체 왜 렌야에서 끼어드는 겁니까?"

경찰은 어이가 없다는 듯 말했다.

"우리 유저가 경찰에서 고통받고 있다고 해서 다급하게 온 겁니다."

"아니, 그걸 말이라고 해요?"

"우리가 온 이유가 상관이 있나요? 어차피 변호사가 왔는데."

"끄응……."

맞는 말이다.

누가 보냈든 일단 변호사가 왔다. 그러면 그걸로 끝이다.

변호사는 묵비권을 행사하라고 했고 그 말을 들은 작자들은 입을 꾸욱 다물었다.

노형진이 그걸 보면서 입을 쩝쩝 다시고 있자 백남술이 다가왔다.

"당신이로군."

"무슨 말씀이신지?"

"요즘 우리 찌르고 다닌다는 멍청한 변호사 말이야."

"멍청?"

눈을 찡그리는 노형진.

멍청이라니? 자신에게 하는 말이란 말인가?

"그런다고 이길 수 있을 것 같아?"

"무슨 말씀이신지?"

"그런다고 우리가 눈이나 깜짝할 것 같으냐 말이야."

백남술은 명백하게 노형진을 비웃고 있었다.

'자신이 있다 이거군.'

다른 사람도 아니고 그가 이렇게 도발하는 이유는 간단하다.

걸릴 게 없으니까.

그러니 자신이 있다는 뜻이리라.

"그래 봤자 우리는 걸리는 거 없어."

"글쎄요. 게임을 제대로 관리했다면 그렇겠지요."

"우리는 잘 관리했다고. 병신 같은 놈들이 제대로 플레이 못 한 것뿐이지."

"자기한테 돈 벌어 주는 유저들한테 하실 말씀은 아닌 것 같은데요."

"도온?"

백남술은 간단하게 대꾸했다.

"돈은 내가 버는 거지, 남이 벌어 주는 게 아니야. 내가 돈을 벌기 위해서 어떤 방법을 쓰든 그건 내 마음이지."

"웃기는군요."

"웃긴다고 생각한다면 한번 해 봐, 이길 수 있나."

노형진의 어깨를 툭툭 치고 스윽 지나가는 백남술.

노형진은 쓴웃음을 지으면서 그를 바라볼 수밖에 없었다.

"그러니까 도발한 이유가 매출 상승을 위해서였다 이건가요?"

백남술이 변호사를 붙였다고 해서 모두 다 입을 다무는 것은 아니었다.

특히나 모든 책임을 뒤집어쓰고 독박을 쓰게 된 남자, 즉 카오스 길드의 길마인 세운은 그럴 수가 없었다.

이미 명예훼손과 모욕 그리고 성희롱에 관련된 증거가 넘쳐 나는데 회사에서는 그건 못 도와준다고 선을 그어 버렸기 때문이다.

그리고 그건 그가 배신하는 이유가 되었다.

"네. 저희가 진짜로 그렇게 나쁜 놈들은 아니에요. 도발을 해야 물건을 사니까, 그렇게 하라고 시킨 거예요. 제가 좀 심하게 하기는 했지만 다른 서버도 마찬가지라구요."

질질 짜면서 세운이 하는 말에 다들 혀를 내두를 수밖에 없었다.

"허, 기가 막히네."

노형진은 그의 이야기를 들으면서 생각보다 치밀한 그들의 행동에 혀를 내둘렀다.

"그래서 매출이 많이 늘었나요?"

"많이 늘었죠."

해당 게임에서는 단순히 계정비만 받는 게 아니었다.

다른 장비 관련 아이템도 판매하는데, 사실 계정비보다 그게 더 돈이 된다는 사실은 노형진도 처음 알았다.

"계정비라고 해 봐야 고작 1만 5천 원이니까."

하지만 사냥에 쓰는 버프 물약은 2만 원짜리 한 세트를 사면 하루 여섯 시간 사용 기준 닷새 치다.

그러니까 제대로 렙 업 하기 위해서는 그걸 돈 주고 사야 한다.

"그런데 전쟁 모드에 들어가면 그걸 계속 써야 하니까……."

해당 아이템은 가격이 싼 것도 아닌데 그건 죽으면 그 효력이 없어진다.

그러니 전쟁 모드가 아닐 때는 자신들이 죽여서 그 소모량을 늘리고, 전쟁 모드일 때는 이기기 위해서라도 쓸 수밖에 없다.

"이런 개자식들."

곽도성은 이를 악물었다.

실제로 공성전을 한번 하려고 하면 거의 억 단위의 돈이 현금으로 들어간다고 한다.

그만큼 아이템의 효과는 대단하다.

노형진은 그 차이가 솔직히 제대로 이해가 가지 않았다.

물약 하나로 얼마나 차이가 나기에 이 정도로 크게 일을 꾸민단 말인가?

"차이가 얼마나 나는데요?"

"터무니없을 만큼요."

당장 공속 두 배 물약을 먹으면 공격 속도가 두 배가 된다.

단순 계산으로도 공격력 두 배다.

거기에다가 근력이나 민첩 상승 물약.

마나를 쓰는 캐릭터의 경우 마나 재생 물약 같은 것도 사야 한다.

거기에다가 공격탄이라고 해서 공격할 때마다 크리티컬이 터지는 효과를 주는 아이템이 있는데, 그걸 사용하면 크리티컬로 인해 대미지가 확확 올라간다.

"차이를 내자면?"

"풀 버프와 노 버프의 차이요?"

"네."

"단순 공격력으로 따지면 최소 다섯 배 차이죠. 방어력이 올라가는 게 아니라 일 대 오로 싸울 수 있는 건 아니지만 컨트롤만 된다면 일 대 삼까지는 무난하게 이깁니다. 컨이 안 되어도 일 대 이는 이기고요."

"헐."

"그래서 노 버프 캐릭터는 절대로 풀 버프 캐릭터를 못 이깁니다."

물론 레벨 차이가 심하게 나는 경우에는 애초에 공격 자체가 성공하지 못해서 이길 수 있지만, 레벨 차이가 심하지 않은 경우에는 절대적으로 노 버프 캐릭터가 불리할 수밖에 없다.

"전쟁이라는 것은 그 소모의 극대화를 불러오니까."

무려 다섯 배나 차이가 나는데 그걸 쓰지 않은 사람은 없다. 공성전이든 전쟁이든, 쓸 수밖에 없는 구조인 셈이다.

"전쟁을 하면 가장 돈을 많이 버는 것은 군수 기업이라고 하더니."

노형진은 혀를 끌끌 찼다. 아무리 돈이 좋아도 그렇지, 이렇게까지 할 줄은 몰랐던 것이다.

"다른 서버도 마찬가지인가요?"

"네."

노형진의 질문에 순순히 고개를 끄덕거리는 세운.

그가 극단적인 부분은 있었지만 다른 서버도 비슷하게 운영할 것은 당연한 일. 그래야 팔아먹으니까.

"살인 캐릭터들을 그냥 두는 이유도 그거 때문이에요. 귀찮기도 하지만, 싸움이 날수록 물약이랑 아이템이 잘 팔리니까."

"망할, 내가 게임 접고 만다."

곽도성은 그들의 치밀한 계획에 분노하면서 이를 박박 갈았다.

자신의 캐릭터를 죽여서 레벨을 낮추고 아이템을 빼앗는 것도 모자라서 전쟁을 일으켜 돈을 벌고 그걸 통해서 현질을 유도하고 동시에 게임 내 자산을 통제해서 그걸 가지고 돈을 버는 방식. 이걸 누가 생각이나 했겠는가?

"와, 난 그런 것도 몰랐네."

서세영은 어이가 없다는 표정이 되었다.

그녀는 학생이다 보니 전쟁이라는 것에 대해서 그다지 신경을 쓰지 않았고 또 전쟁에 참여할 시간도 없었다.

그렇지만 이렇게 극단적으로 차이가 날 줄이야.

"더군다나 전용 물약을 만들어서 썼다는 게 웃긴 겁니다."

일반 버프 물약도 그 정도다.

그런데 그들의 말에 따르면 그들은 자신들만을 위해서 전용 물약을 만들어서 썼다는 것이다.

일반적인 물약보다 성능이 세 배 이상 되는 물약을 말이다.

"그게 가능한가?"

"불가능하지. 이건 일개 관리자가 할 수 있는 수준이 아니야."

시스템 내에서 있는 물건을 불러내는 것은 관리자가 할 수 있다.

하지만 증언에 따르면, 그들이 쓰는 물약 같은 경우에는 아예 없는 물건이라고 했다.

"그건 시스템 자체를 건드려야 하거든."

그런 건 시스템에 있는 수치만 바꿔서 만들 수 있는 게 아니다.

물약의 성능 수치를 조정하면 당연히 다른 사람들이 가진 물약에도 영향을 준다.

그러니 그걸 막기 위해서는 아예 새로 목록을 만들어야 하며, 그걸 구입하게 만들 수는 없으니 각 캐릭터별로 직접 주는 형태를 취해야 한다.

그런데 그런 경우 버그가 발생할 수 있기 때문에 결과적으로 게임 관리자라 불리는 GM이 아니라 시스템 관리자, 즉 게임을 만든 프로그래머가 참여할 수밖에 없다.

"당신 말이 맞네요. 애초에 우리는 회사의 손아귀에 놀아난 겁니다."

평소에도 게임 관리를 뭐같이 한다고 욕을 많이 먹던 회사였다.

복붙이라는 말로 대답하는데, 심지어 어떤 경우에는 버그로 캐릭터가 끼었는데 그걸 빼 달라고 하니 날아온 답변이 유저 간 분쟁에는 회사는 관여하지 않는다는 것이었다.

이는 즉, 애초에 호출 이유 자체를 보지 않는다는 뜻이다.

결국 그는 회사에 전화하고 나서야 캐릭터를 꺼낼 수 있었다.

"생각해 보면 당연한 거죠."

아무리 서버에 사람이 많다고 해도 그 수천 명이 한꺼번에 질문을 던지지는 않는다.

더군다나 사람들이 모조리 한꺼번에 들어오는 것도 아니다. 동접이라는 것도 한계가 있기 마련이니까.

"다른 짓거리를 하느라고 바쁜 거였네."

이를 박박 가는 곽도성.

"소송을 해서라도 배상을 받아야겠습니다. 이 망할 새끼들! 우리를 이렇게 속여?"

길길이 날뛰는 곽도성.

하지만 노형진은 그를 보면서 고개를 흔들었다.

"그건 힘들 겁니다."

"뭐라고요? 왜 힘들다는 겁니까!"

"현행법은 좀 웃기게 되어 있거든요."

"웃기다니요?"

"캐릭터는 여러분의 것이 아닙니다."

"아니, 그게 무슨 말입니까?"

"에? 오빠, 그건 또 뭔 소리야?"

"말 그대로야. 현행법상 게임 캐릭터는 그걸 키운 사람이나 계정주의 물건이 아니야. 당연히 아이템이나 그 과정에서 얻은 물건들도 마찬가지지."

"뭐 그런 법이 다 있어!"

"여기 있지. 그러니까 백남술이 경찰서까지 와서 나를 도발하지. 현행법상 이런 걸로는 싸워서 못 이기거든. 거기에다가 대부분 입을 다물었으니. 이 사람이 말한다고 해도 위증 취급받을 가능성도 높고, 증거도 없고. 거기에다가 약관도 제대로 안 보고 동의를 했겠지만, 분명 엄청나게 불리하게 되어 있을걸. 정상적인 과정으로는 못 이기도록 되어 있을 거야."

현행법상 캐릭터들과 아이템들은 유저의 물건이 아니다.

그런 경우 만일 게임 운영을 종료하려고 하면 그 배상 문제가 복잡해진다.

그래서 그걸 해결하기 위해서 게임 내의 모든 것은 시스템으로 보고 있다. 그리고 시스템의 주인은 기업이고 말이다.

"그게 무슨 소리요? 이런 짓거리를 했는데 처벌을 안 받는다는 거요?"

"처벌은커녕 배상도 해 주지 않을 겁니다."

"헐?"

어이가 없다는 표정이 되는 사람들.

"하지만 다른 방식은 할 수 있지요."

"할 수 있다고?"

"네."

"어떤 방식으로요? 우리 것도 아니라면서요?"

"우리 건 아니지요. 하지만 망하게 할 수는 있습니다. 기왕 접는 거, 확실하게 망하게 하는 게 좋지 않겠습니까?"

"흠……."

그들은 절로 눈을 찡그릴 수밖에 없었다.

⚖

노형진은 상대 측 변호사를 보면서 머릿속을 정리했다.

'거래라는 것은 기본적으로 기브 앤드 테이크지.'

상대방은 시스템을 빌려주고 유저는 그걸 이용한다. 이쪽은 그 대가로 계정비를 준다.

'그리고 일반적으로 회사는 그 대신에 시스템의 안정적 관리를 책임져야 하지.'

노형진은 그렇게 생각하면서 상대 측 변호사를 바라보았다.

"재판장님, 이번 사건에서 원고 측이 주장하는 손해배상은 터무니없는 행동입니다. 캐릭터라는 특성상 시스템 내부에 종속되어 있고, 시스템은 원천적으로 기업의 권한입니다. 즉, 캐릭터에 대한 권한 및 소유권은 기업에 있으며 상대방은 계정비를 내는 형태로 그 시스템의 사용 권한을 얻은 것뿐입니다. 그런데 그것에 대해서 사용이 불만족스럽다는 이유로 그 손해배상을 요구한다는 것은 말도 안 되는 주장입니다."

피고 측이 된 기업은 딱 잡아떼고 있었다.

그들은 자신들은 모르는 일이라며 피해자들을 사기꾼 취급하면서 절대로 배상은 없다고 주장했다.

"재판장님, 저들은 단순히 시스템을 대여하는 자들입니다. 그럼에도 불구하고 직원들을 동원하여 그 시스템을 사용하는 유저들을 학살하고 한정적 아이템을 소모하도록 유도하여 막대한 수익을 얻어 냈습니다. 이는 명백하게 불법입니다."

"그건 저희는 모르는 일입니다."

"하지만 게임을 관리하던 자들이 인정했습니다."

"그들은 저희와는 관련이 없는 자들입니다. 저희와 관련이 있다는 어떤 정보도 없습니다."

'그렇겠지. 언제나 말이지.'

우리나라의 기업들은 언제나 이런 식으로 벗어난다.

아랫사람을 시켜서 일을 저지르고, 걸리면 그 부분에 대해서 딱 잡아떼는 것이다. 이번에도 그렇다.

노형진의 말대로 그들과의 어떤 접점도 없었다.

'그 길마라는 녀석만 빼고 말이지.'

이 모든 시스템을 관리하던 길마 그 녀석만이 오로지 접점이었다.

공식적으로 그는 회사 소속 GM이었다.

"해당 범죄를 저지른 길마는 해당 기업 소속 직원입니다."

"그 부분은 인정합니다. 하지만 이번 사건은 그 개인이 독단으로 저지른 일이고 저희는 관련이 없습니다. 게임사 직원이라고 해서 해당 게임을 즐기지 말라는 법은 없습니다."

"그 과정에서 선량한 유저들에게 피해를 줬다고 하더라도요?"

"법적으로 게임 내에서 벌어지는 모든 일은 저희랑 관련이 없습니다. 수차례 안내했지만, 게임 내부에서 벌어지는 유저 간 분쟁에는 저희들은 관여하지 않습니다."

"흠⋯⋯."

손채림은 그들의 변명을 들으면서 눈을 찌푸렸다.

"그 분쟁으로 인해서 게임을 하지도 못하는 수준이고 그로 인해서 어마어마한 손해를 입었는데도요? 그 게임을 한 많은 사람들이 적게는 수십만 원, 많게는 수백만 원의 손실을 입었습니다."

"게임만 즐기면 문제가 될 거 없습니다. 누가 현금 거래를 하라고 했나요? 현금 거래, 속칭 현질은 저희가 인정하지 않는 불법행위입니다. 저희는 계정비만 받아서 운영할 뿐입니다."

"분쟁 중 사용된 아이템의 가격이나 소모된 장비는요? 그리고 현질을 통해서 구입해야 했던 것들은요?"

"엄밀하게 말하면 시스템상의 구조이니 당연히 저희 소관입니다. 즉, 저희 물건이라는 뜻입니다. 그걸 임대자끼리 서로 돈을 주고받는다는 것 자체가 불법입니다."

"회사 차원에서 판매하는 아이템도 있을 텐데요?"

"그건 소모성 아이템입니다. 그걸 사용하고 나서는 환불이 불가능하다고 명백하게 못을 박았습니다만?"

"그런데 회사 차원에서 끼어들어 학살해서 그 수명을 극단적으로 줄이지 않았습니까?"

"유저 간 분쟁입니다! 유저 간 분쟁!"

"그 유저가 회사의 직원이고 그가 자신의 직권을 이용해서 무단으로 길드를 만들고 게임 내부를 통제했어도 말입니까?"

"아까도 말했다시피 그건 개인의 독단입니다. 저희가 책임질 게 아니지요!"

"아, 진짜!"

듣고 있던 곽도성은 발끈해서 벌떡 일어났다.

"야, 이 뻔뻔한 새끼들아!"

"우리가 그렇게 만만하냐!"

수년간 돈을 들여서 키운 캐릭터들이다.

게임이 운영이 안 되어서 그렇다면 이해라도 하겠건만, 이건 자기들이 학살한 건데도 책임도 안 진다.

"그럼 게임 내부에서 벌어지는 사냥터 통제 등의 행위는 어떻게 하실 겁니까?"

"그게 왜요?"

"게임을 정상적으로 하기 위해서는 거쳐야 하는 곳을 다른 유저가 사용하지 못하게 막음으로써 사실상 게임 내 콘텐츠를 사용하지 못하게 되었는데, 게임을 관리하는 회사로서 그런 행동은 통제해야 하지 않습니까?"

"그건 게임 내 유저 간 분쟁입니다. 그걸 왜 저희가 책임집니까? 사람이 서로 싸웠다고 대한민국 정부가 책임지는 거 봤습니까?"

"이봐."

"뭐 이딴 새끼들이 다 있어!"

결국 유저들의 언성이 높아지기 시작했고 판사는 그들에게 한 소리를 할 수밖에 없었다.

"방청객들, 조용히 안 하면 다 법정 모독으로 고발하겠습니다!"

"……."

"아, 진짜."

이를 박박 갈면서 자리에 앉는 유저들.

"이거 이길 수 있을까요?"

서세영은 그런 길드원들의 모습을 보면서 우울하게 말했다.

노형진이 이길 수 있다고 걱정하지 말라고 했지만, 게임이라는 특성상 어떻게 이길 수 있는 방법이 없어 보였다.

"틀린 말은 아니잖아요? 모든 건 다 그들 소유인데."

모든 것은 시스템 내부에서 벌어지는 일이고 이건 그들의 시스템이다. 그러니 그 권한은 그들에게 있다.

그리고 게임을 할 때 사용 동의서 내부에도 분명히 못 박혀 있다, 유저 간 분쟁에는 자신들이 개입하지 않는다고.

"아마도 무리겠지."

손채림은 그런 서세영을 다독거리면서 말했다.

"하지만 네 오빠는 생각보다 유능한 사람이야. 어떻게든 이길 거야."

"밀리는 것 같은데요?"

"법정에서만 이기는 게 무조건 이기는 건 아니거든."

"네?"

"너희 오빠는 뭐든 도구로 삼아. 때로는 그건 재판도 마찬가지야."

손채림은 그렇게 말하면서 노형진을 바라보았다.

'확실히 불리한 싸움이기는 한데.'

상대방은 이런 일에 대비해서 확실하게 사용 동의서를 받아 났다.

모든 것은 그들에게 유리하게 되어 있으니 싸워 봐야 당연히 땡전 한 푼 받지 못한다.

"원고 측, 이번 사건에 대해서 범죄를 저지른 사람이 기업의 사주를 받았다는 증거는 있습니까?"

싸움이 길어지자 결국 끼어드는 판사.

"아니요. 없습니다."

길마가 진술하기는 했지만 오로지 그 사람뿐이었다.

다른 사람들은 철저하게 입을 다물고 있는 상황.

그런 상황에서는 길마가 위증으로 몰릴 수밖에 없었다.

"그러면 사실상 의미가 없습니다. 사용 동의서상에도 문제가 없고요."

"으음……."

"역시나."

사람들은 안타까운 듯 신음성을 흘렸다.

"하지만 분명히 그들의 사주입니다. 그들은 길마를 동원하여 게임 내 유저들을 살인하고 게임 내 자산을 관리한 것입니다."

"그런 적 없다니까요!"

딱 잡아떼는 기업 측 변호사.

노형진은 그런 그를 무섭게 노려보았다.

"그거 법원 앞에서 선서할 수 있습니까?"

"뭐라고요?"

"당신네 대표가 법원 앞에서 선서할 수 있느냐 이겁니다!"

"당연히 하지요. 한 적도 없는 건데."

"그럼 한번 해 보시죠."

"허?"

"왜요? 한다면서요? 못 하겠죠? 당신들이 한 거니까."

상대 측 변호사는 눈을 찡그리더니 벌떡 일어났다.

"재판장님, 증인을 신청하겠습니다. 현 최고 관리자인 백 남술 사장입니다."

하지만 그는 몰랐다, 그 모습을 보는 노형진의 입꼬리가 슬며시 위로 올라가고 있다는 것을

"걸렸어."

노형진은 주먹을 불끈 쥐면서 말했다.

"걸리다니? 아무리 봐도 이번 싸움은 질 것 같은데? 뭐가 걸려?"

"이번 싸움은 질 거야. 말했잖아, 현행법상 시스템에 관한 내용은 저쪽이 유리하다고. 명확한 증거가 없는 이상 재판에 서는 우리가 못 이겨."

문제는 그 명확한 증거를 저들이 가지고 있다는 것. 그러 니 당연히 이기지 못한다.

"세영이가 못 이기는 거 아니냐고 걱정하던데. 하아……."

이길 수 있다고 자신해 놨는데 못 이긴다니.

"재판에서 못 이긴다고 했지, 싸움에서 못 이긴다고는 안 했다."

"응?"

"싸움의 마지막을 해야지. 애초에 질 거 알면서 건 싸움이니까."

"질 거 알면서 건 싸움?"

"응. 이 싸움은 우리가 아니라 다른 사람들이 끝내 줄 거야."

"다른 사람?"

"슬슬 올 때가 된 것 같은데."

노형진이 창문 밖을 힐끔거리는 사이 문이 빼꼼 열리면서 직원 중 한 명이 모습을 보였다.

"노 변호사님, 손님들이 오셨는데요."

"손님들?"

"아, 드디어. 어디 계시죠?"

"대회의실에 계세요."

"제가 그쪽으로 가지요. 죄송한데 커피 한 잔씩 부탁드립니다."

"알겠습니다."

그녀가 나가자 자리에서 일어나는 노형진.

"도와준다는 사람들이야?"

"응."

"그 사람들이 누군데? 정치인? 아니면 경찰? 검찰?"

"아니."

"그럼?"

"GM."

"응?"

"GM."

다시 한 번 확실하게 말하는 노형진의 말에, 손채림은 당황할 수밖에 없었다.

⚖

"헐."

사무실에 들어가자 거기에는 이십여 명의 사람들이 모여 있었다.

그리고 그들 중 한 명을 알아본 손채림은 목소리를 낮췄다.

"저거, 그 길마 아냐?"

"맞아."

"직접 조져 버린다면서?"

"계획 변경. 보아하니 저쪽도 처지가 그다지 좋은 것 같지는 않아서 말이지."

"헐."

작게 속삭이는 사이에 그들은 자리에 앉았고, 그들 중 한 명이 먼저 입을 열었다.

"세운이 말로는 저희를 만나고 싶다고 하셨다면서요?"

"세운?"

"길마."

"아."

이전까지만 해도 길마나 닉네임인 피바다라고만 불러서 이름이 낯설었던 손채림은 바로 알아들었다.

보아하니 노형진이 그를 통해서 다른 GM을 부른 모양이었다.

"그렇습니다."

"무슨 일이신데요?"

"소송 관련입니다."

"저희는 모르는 일입니다."

예상한 듯이 딱 선을 그어 버리는 사람들.

동료가 한 번만 와 달라고 애걸복걸해서 어쩔 수 없이 온 것이지, 회사를 배신할 생각은 없었으니까.

"아, 오해하셨나 본데, 다른 소송과 관련해서입니다."

"다른 소송요?"

"네."

"무슨 소송?"

"투자금 반환받으셔야지요."

"뭔 소리입니까?"

"투자금이라니?"

어이가 없다는 표정이 되는 사람들.

투자금이라니?

자신들이 그럴 돈이 있다면 게임에서 그 짓거리 해 가면서 GM을 하고 있지 않을 것이다.

"보아하니 게임이 망할 것 같은데 망하기 전에 투자금은 반환받으셔야지요. 소문이 파다하게 났던데."

"엥?"

"뭔 소리야?"

확실히 게임 내부에서 말이 많기는 하다. 실제로 접는 사람도 생기고 있다.

그렇다고 해서 없던 자기들 투자금이 갑자기 생기지는 않는다.

"세운이 넌 아냐?"

"아냐…… 나도 몰라. 그냥 불러 달라고, 그러면 선처해 준다고 했을 뿐이야."

그는 다급하게 말했다.

자신도 그저 노형진에게서 말을 들었을 뿐이다.

기업으로부터 확실하게 버려져서 엄청난 배상금을 물어야 하다 보니 합의를 위해서라도 노형진에게 어떻게든 잘 보여야 하는 상태라 읍소해 가며 다른 동료들을 데려온 것뿐이다.

"솔직히 말해 볼까요? 여러분 다 회사에서 시켜서 한 거잖아요."

"아니라니까!"

"우리는 모르는 일입니다. 어디서 사람을……."

"야, 야! 가자!"

결국 발끈해서 가려고 하는 사람들.

하지만 그들은 노형진의 말에 발걸음이 멈췄다.

"그냥 가시면 수십억을 날리는 셈일 텐데요?"

"수십억?"

"네. 뭐, 근무 연수에 따라서 다르겠지만 최소 수억은 될 텐데요? 그 돈을 버리실 생각입니까?"

"……."

서로 눈치를 보는 사람들.

투자금이라는 말도 그렇고 돈의 액수도 그렇고, 묘하기는 하지만 무슨 일인지 알아본다고 해도 왠지 손해는 안 볼 것 같은 느낌.

"일단 들어나 보자."

"그러자고."

어차피 오늘은 쉬는 날이다. 그러니 회사에서도 어디 갔는지 모른다.

잠시 여기서 말을 듣는다고 문제가 될 게 없다는 생각에 그들은 다시 자리에 앉았다.

"자, 그러면 다시 이야기를 시작해 볼까요? 회사에서 시켜서 한 거 맞죠?"

"아니라니까."

"음…… 이렇게 합시다. 오프 더 레코드."

"오프 더 레코드?"

"여기서 말하는 모든 것은 여기 바깥으로 안 나갑니다. 그리고 법적으로 사용할 수 있는 증거능력도 포기하지요."

"음……."

"원하시면 녹음하셔도 좋고, 각서도 써 드립니다."

서로 눈치를 보던 그들은 결국 녹음하고 각서까지 받은 후에야 입을 열었다.

"뭐, 사실이기는 하지요."

"그런데 회사에서는 절대로 말하지 말라고 하고요?"

"당연하죠. 지금 상황이 얼마나 안 좋은데."

사실을 인정해 버리면 자신들은 해직당할 수밖에 없다.

"그런데 솔직히 말해서 여러분들 중 대부분은 2년 안에 해직될 수밖에 없지 않습니까?"

"끄응……."

정곡을 찌르는 노형진의 공격.

"틀린 말은 아니지."

경험이 많은 누군가가 입을 열었다.

"GM은 수명이 짧으니까."

GM, 즉 게임 마스터는 게임을 관리하는 사람이다.

그렇다 보니 대부분 20대에서 30대 수준이고, 40대는 거의 없다고 봐도 무방하다.

나이를 먹으면 적응력이 떨어지기 때문이다.

"그리고 게임이 점점 망해 간다면서요?"

"……."

그건 부정할 수 없는 사실이다.

이번 일은 인터넷에서 어마어마하게 퍼지고 있는 상황이기 때문에 게임의 동접자 수는 무서운 속도로 떨어지고 있었다.

현재 서버가 열아홉 개인데 평소의 절반도 안 들어오는 상황.

"거기에다 다른 곳으로 간다고 해서 취업될 수도 없고요."

"끄응……."

자신들은 부정하지만 이쪽 업계 사람들은 대부분 사실을 알 것이다.

그러니 자신들이 다른 곳에 가고 싶어도 문제가 있는 전력을 가진 사람을 써 줄 리 없다.

"그래서, 하고 싶은 말이 뭡니까?"

"그러니 퇴직금 조로 적절히 투자금을 받아 가라는 말씀입니다."

"회사가 미쳤습니까, 우리한테 돈을 주게?"

"안 줄 수가 없죠."

"안 줄 수가 없다?"

"여러분들이 준 돈이 있잖아요?"

"그게 무슨 말이지요?"

"현거래."

다들 어리둥절한 표정이 되었다.

현거래라니? 그게 무슨 돈이란 말인가?

하지만 노형진은 그 부분이 확실히 문제가 된다는 것을 알고 있었다.

"여러분들은 길드를 운영하면서 성을 차지하고 그곳에서 나온 돈을 현거래를 통해서 현금화했지요? 안 그런가요?"

"……."

"오프 더 레코드라니까요. 그리고 세운 씨가 이미 인정한 사실입니다."

"크흠……."

그게 문제가 될 거라고 생각했는지 다들 불편한 얼굴이 되었다.

"그렇게 불편한 얼굴 하지 마세요. 그게 키워드니까."

"네?"

"여러분들은 현거래를 통해서 나온 돈을 회사에 입금시켰지요. 안 그런가요?"

"그건…… 그런데……."

"그러면 그 기록이 은행에 남아 있을 텐데요?"

"그래서요?"

"상식적으로 직원이 기업에 돈을 줄 일은 별로 없죠. 즉, 투자로 볼 수 있지요."

"뭔 말장난인가 싶었네. 그걸 미쳤다고 기업이 줘요?"

"안 줄 수가 있을까요?"

노형진은 웃으면서 녹음기를 꺼내 들었다.

법원에서 동의를 얻어서 백남술 사장의 진술을 녹음한 물건이었다.

-그러니까 아이템 및 골드의 거래에 회사는 전혀 관여한 바가 없다 이건가요?

-없습니다. 저희가 왜 관여합니까?

-하지만 골드 가격을 안정시키려고 한 거라는 증언이 나왔는데요?

-그건 그 직원 개인의 독단입니다. 저희는 그러한 행동에 대해서 전혀 아는 바도 없고 관련도 없습니다.

노형진이 법원에서의 증언을 요구하자 백남술 사장이 나와서 한 말이었다.

"그런데 이게 뭐요?"

그것만으로는 이해가 가지 않는 사람들은 노형진을 바라보았다.

"현금 거래를 자신들이 통제한 적이 없다는 건 여러분들이 준 돈을 받을 이유가 없다는 거죠."

"응?"

"돈을 줄 이유가 없는데 여러분들이 줬다. 그런 걸 뭐라고 하죠? 보통은 투자금이라고 하죠."

"어……."

다들 어리둥절한 표정이 되었다. 이해가 가지 않았기 때문이다.

그러나 손채림은 그 말을 들으면서 경악을 금치 못했다.

"너, 그런 것까지 생각한 거야?"

"당연하지."

"그럼 애초에 재판은……?"

"진다니까. 지려고 한 재판이야. 다만 이 한마디를 얻으려고 한 거지."

그 한마디가 가지는 무게감을 이해하지 못한 다른 직원은 결국 되물을 수밖에 없었다.

"그게 무슨 의미가 있는 거죠?"

"간단하게 요약해 드릴게요. 당신들이 현거래 해서 준 돈은 저들이 받을 이유도 없고, 또 받아서도 안 되는 돈이에요. 백남술 사장이 재판정에 나와서 증언했고, 선서까지 다 했잖아요. 심지어 그걸 증거로 제출하면서 각서까지 썼죠. 즉, 당신들이 준 돈은 그들이 받을 이유가 없는 돈이니, 그렇다면 그 돈은 그들의 돈이 아니라 당신들 돈이라는 거죠."

"뭐라고요? 그 15억이?"

그 말을 한 한 명이 자신도 모르게 입을 가렸다.

딱 잡아떼라고 회사에서 몇 번이나 시켰기 때문이다.

"생각보다 많네요. 맞습니다. 그 돈은 줄 이유가 없는 것이니 애초부터 여러분의 돈이지요. 그걸 돌려받을 수 있습니다."

모두의 눈에서 아까와는 다른 빛이 뿜어지기 시작했다.

한 명당 못해도 수억씩을 회사에 현거래의 대가로 줘야 했다. 그러니 그걸 돌려받을 수 있다면…….

"하지만 그들이 말을 바꾸면?"

"그래도 기업은 망합니다."

"에? 어째서요?"

"정부에서 그냥 둘 리 없으니까요."

장시간에 걸쳐서 빼돌린 돈이다.

한 사람이 15억이면 여기 있는 사람들과 기존에 있던 사람들까지 합할 경우 수백억의 돈이 된다.

"그걸 탈세한 셈이니까요. 그렇게 되면 현행법상 세무조사를 받아야 합니다. 그리고 세금의 1.5배를 토해 내야 합니다. 벌금은 따로구요."

"헉!"

"게임이 망해 간다면서요?"

"그건 그런데…….'

"어차피 여러분들이 충성해 봐야 길어야 2년입니다."

맞는 말이다.

이 바닥에서 인원은 넘치고, 쉽게 갈려 나간다. 특히나 GM 같은 경우는 쌓이고 쌓인 게 지원자다.

"이렇게 일하고 얼마나 받죠? 300? 400? 고작 250만 원 받지 않습니까?"

"……."

맞는 말이다.

그나마도 다른 곳에 비해서 비밀을 지키는 조건으로 더 많이 받는 것이다. 그래서 다들 입을 꾹 다물고 있었던 것이고.

"하지면 1년 후에 그냥 나오면 그냥 백수 되는 겁니다."

결국 답이 없다는 뜻이다.

"하지만 여러분들이 마음만 먹으면 답이 없는 건 이쪽이 아니라 저쪽이 됩니다."

청구 소송을 하게 되면 어마어마한 돈을 토해 내야 한다.

그걸 주기 싫다면 그게 업무와 관련해서 발생한 돈이라는 점을 증명해야 하는데, 그러기 위해서는 그들이 불법적으로 행동한 것과 그로 인해서 이익을 얻었다는 것을 인정해야 한다. 그리고 그에 해당하는 탈세에 대한 처벌을 받아야 한다.

어느 쪽을 선택하든 회사의 입장에서는 파멸을 피할 수 없다.

"만일 우리가 입을 다물면?"

누군가의 질문.

"천천히 침몰하겠지요. 뭐, 당장 망하지는 않을 겁니다. 해당 게임은 망하겠지만 다른 게임이 있으니 기업은 살아남을지도 모르지요. 그렇게 되면 여러분들은 다른 자리로 옮겨 갈 수도 있습니다. 해직당하지 않을 수도 있지요."

노형진은 안다는 듯 고개를 끄덕거렸다.

"단!"

"단?"

"그러기 위해서는 단 한 명도 배신하지 않아야 합니다."

"뭐라고요?"

"한 명이라도 배신하는 순간 결국 그들의 딜레마는 똑같아 지니까요. 단 한 명도 배신하지 않으면 그들은 살아남을 겁 니다."

"으음……."

서로 눈치를 주고받기 시작했다.

그러나 이미 배신자가 내정되어 있다는 것을 그들은 모르 고 있었다.

'방아쇠 하나만 당기면 되는 거지, 흐흐흐.'

노형진은 속으로 미소를 지었고, 배신자는 천천히 입을 열 었다.

"여러분들한테는 미안한데…… 전 그 돈 받아야 해요."

세운의 말에 모두의 시선이 그에게로 쏠렸다.

"뭐라고? 그게 무슨 말이야?"

"회사에서 말로는 절 지켜 준다고 했지만, 실제로는 그러 지 않았어요. 물론 내가 너무 실적에 눈이 멀어서 막나가기는 했지만……."

수백 명에 대한 손해배상이 예정되어 있는 상황에 회사에서 버림받았다면 세운에게는 파멸일 수밖에 없었다.

결국 살아남기 위해서 그는 그 돈이 필요했다.

"여러분이 무슨 선택을 하든 전 그 돈 받아 낼 겁니다."

"큭."

노형진은 선택할 수 있는 것처럼 말했지만 애초에 그들에게는 선택지 자체가 없었던 것이다.

그리고 이런 경우 누가 총대를 멘다면 결과는 뻔했다.

"나도 동참하지."

"선배!"

"얌마, 내 나이가 내년에 마흔이야, 씨발. 돈이 없어서 장가도 못 갔어. 그렇게 평생 살 수는 없잖아? 너희도 잘 생각해라. GM은 좋은 직업이 아니야. 너희들 다 비정규직 아냐? 모가지 날아가면 끝장이야. 막말로 여기에 여친 있는 새끼 얼마나 되냐?"

"……."

독하게 한 말이지만 사실이다.

사회적으로 그다지 인정받지 못하는 직업이다 보니 결혼 적령기의 사람들은 여자를 만나는 게 쉬운 게 아니었다.

그나마 어려서부터 사귀던 사람이 있는 사람은 덜하지만 그렇지 않은 경우 맞선 자리에서도 최하 등급 취급이었다.

이것이 법이다

"씨발, 나라도 살아야겠다."

한 명씩 배신하기 시작하고, 결국 그들이 선택할 수 있는 길은 하나뿐이었다.

"이게 무슨 소리야?"

백남술은 입을 쩌억 벌렸다.

지급금 반환 청구 소송. 그 금액이 무려 218억.

"아니, 이게 무슨 개소리야! 지급금이라니!"

"저들은 현거래를 통해서 벌은 돈을 모두 돌려 달라고 하고 있습니다."

"뭐라고? 미쳤어? 그건 우리 거야! 우리 돈이라고!"

백남술의 입장에서는 미치고 환장할 노릇이었다.

"이럴 때 쓰라고 대포 통장을 준 거잖아!"

"그게…… 먹히질 않았습니다."

아무리 대포 통장을 줬다고 해도 그건 어디까지나 정부의 시선을 피하기 위한 것이지, 본인들의 수익에 관련된 게 아니었다.

"통장주들이 배신했습니다."

"배신?"

"네."

직접적으로 돈이 들어오지 않도록 했다고 하지만 통장주들의 입장에서는 억울할 수밖에 없다.

상식적으로 수백억을 갑자기 토해 내라고는 생각하지 못했으니까.

당연히 그들은 거래 내역을 뽑아서 우리는 못 받았다는 사실을 증명했고, 그 돈을 가지고 간 사람을 그런 식으로 추적하다 보니 당연히 최종적으로는 백남술과 그의 회사가 나올 수밖에 없었다.

"이런 미친!"

백남술은 생각지도 못한 부분으로 공격이 들어오자 당황했다.

"이 변호사! 어떻게 좀 해 봐!"

"어떻게 할 수가 없습니다. 저들은 정당하게 공격하고 있는 것이기 때문에……."

"뭐라고?"

"도리어 이쪽에서 걸릴 게 너무 많습니다."

일단 돈은 돈대로 돌려줘야 하는데 그 돈이 남아 있을 리 없다. 더군다나 낌새를 챈 국세청에서도 의심의 눈초리를 보내고 있다.

사실 노형진은 국세청이 몰라서 못 들어오는 것처럼 이야기했지만, 이 정도로 일을 벌이면 바보가 아닌 이상에야 그들도 의심을 하지 않을 수가 없다.

"대표님!"

"또 뭐야!"

"큰일 났어요! 경찰에서 출두 명령서가……!"

"출두? 뭔 출두?"

"횡령으로……."

"뭔 개소리야! 횡령이라니!"

물론 자신이 빼돌린 돈이 없는 건 아니다. 하지만 그렇다고 걸릴 만큼 허술하게 한 것도 아니다.

"당한 것 같습니다."

"당하다니?"

"우리 쪽에 들어온 그 돈들…… 대부분 대표님 계좌로 들어가지 않았습니까?"

"그렇지."

"그런데 그들은 그 돈이 회사에 대한 투자금이라고 주장하고 있습니다."

"그래서 뭐…… 어째……. 이런 씨발!"

투자금이다. 즉, 회사 돈이라는 뜻이다.

그런데 그게 자신의 계좌로 들어갔으니 이건 빼도 박도 못하고 횡령이다.

"투자 약정서도 없이 투자하는 새끼가 어디 있어!"

그나마 주장할 수 있는 것은 그 정도.

그러나…….

"약정서보다는 계좌가 더 중요합니다. 우리 쪽으로 온 게 드러났으니……."

"씨발! 투자금 아니라고 해!"

"그러면 세무 신고가 문제가 됩니다. 벌금과 그동안 밀린 세금이면 기업이 날아가고도 남습니다! 거기에다가 법원에서 사장님은 관련이 없다고 증언까지 하셨잖습니까? 위증이 걸립니다. 그러면 유저들에게도 배상해 줘야 하고요."

"니미, 씨팔! 그러면 돈이라도 퍼 줘라 이거야? 조 까!"

돈은 가지고 있으면 쓰기 마련이다.

그들이 준 돈은 자신이 상당수 썼다. 그러니 제대로 남아 있을 리 없는 상황.

"제대로 걸렸습니다. 외통수입니다."

"큭."

백남술은 정신이 아찔했다.

분명히 걸릴 게 없다고 했다. 걸릴 수도 없다고 했다.

그런데, 그런데…….

"방법은……."

"도망가셔야 합니다."

"도망?"

"주요 자금은 스위스 계좌에 보관해 두었으니 해외로 나가시는 수밖에 없습니다."

"끄응……."

백남술의 얼굴은 사정없이 찡그러지기 시작했다.

⚖️

"후우……."
백남술은 자신의 가방을 보면서 한숨만 나왔다.
다급하게 해외로 튀기 위해서 공항으로 올 수밖에 없었다.
이대로 있으면 전 재산을 빼앗길 수밖에 없는 상황.
"싯팔…… 싯팔……. 뭐가 어떻게 되어 가는 거야?"
법적으로 문제 될 건 없었다. 분명히 비밀리에 움직였고
비밀리에 모든 걸 처리했다.
그런데 그 모든 게 한순간에 무너지고 있었다.
"그래…… 일단 잠잠해질 때까지 바깥에 가 있자. 돈만 있
으면야……."
돈만 있다면 뭐든 할 수 있다.
뇌물을 써서 정부를 움직일 수도, 증거를 인멸할 수도 있
다. 그러기 위한 돈이 아닌가?
그 돈을 지키기 위해서라도 돈 달라고 매달리는 아귀들을
두고 해외로 나가야 했다.
"후우……."
그는 마음을 다잡고 해외로 나가기 위해서 자신의 여권을
내밀었다. 그러나.

"저기, 손님."

"네?"

"잠시만요."

"바쁜데요."

"조금만 기다려 주시겠어요?"

그걸 확인하던 직원의 행동이 이상했다.

해외에 나가는 것이 한두 번이 아닌데 여기에서 이렇게 잡힌 건 처음이었다.

혹시나 하는 마음에 그는 고개를 돌렸다.

'이런 염병할.'

저 멀리에서 다가오는 두 사람.

그들은 일반인이 아니었다. 척 봐도 보안 요원 복장을 한 사람들이었다.

"어…… 나중에 다시 오겠습니다."

일이 틀어졌다는 사실을 알아챈 백남술은 가방을 들고 그곳에서 벗어나려고 했다. 하지만 보안 요원들은 재빨랐다. 그들은 백남술의 앞을 가로막고 신분증을 제시했다.

"잠시 동행해 주셔야겠습니다."

"아니, 왜요? 내가 뭘 잘못했다고!"

어떻게든 뿌리치려고 하는 백남술.

그러나 그다음 말에 온몸이 굳어 버렸다.

"출국 금지가 붙어 있으시더군요. 경찰에서 올 때까지 같이가 주셔야겠습니다."

백남술은 눈을 데굴데굴 굴렸다.

출국 금지가 붙었다는 것은 자신에게 구속영장이 청구되었다는 것이고, 그렇다는 것은 도망갈 기회가 없다는 뜻이다.

실제로 자신은 도망가다가 잡혔으니 영장 실질 심사를 한다고 한들 구속이 풀릴 리 없다.

"그러면 잠시만……."

그는 마치 가방을 돌리려는 듯 들어 올리다가 그대로 두 보안 요원에게 집어 던졌다.

우당탕!

"우오악!"

가방에 맞은 두 사람은 바닥을 나뒹굴었고, 백남술은 전력을 다해서 반대쪽으로 뛰기 시작했다.

어떻게 해서든 벗어나야 한다.

그러나.

파직!

따끔하다는 느낌이 드는 순간 그의 온몸에서 엄청난 경련이 일어났다.

"끄아아아!"

발사형 스턴 건이 그의 엉덩이에 꽂혀 있었고, 그 끝은 군중 속에 숨어 있던 보안 요원의 손에 들려 있었다.

"끄르르르륵!"

백남술은 통증이 멈추는 순간 천천히 앞으로 쓰러졌다.

그리고 그대로 안면부터 바닥에 부딪쳤다.

쾅!

재수가 없으려니 앞으로 고꾸라지면서 앞니 두 개가 그대로 박살이 났다.

하지만 그는 움직일 수가 없었다. 온몸의 근육이 자신의 통제를 벗어나서 미친 듯이 떨리고 있었던 것이다.

"우리가 바보인 줄 아나?"

보안 요원은 피식 웃으면서 수갑을 꺼내 들었다.

이런 놈들이 한두 명도 아니고, 고작 두 명이 그를 잡으러 왔을 리 없다.

"옛차, 이놈을 잡았으니 다음 달 승진은 확정이군. 땡큐, 경험치. 후후후."

경험치라는 말에 그는 억울했지만 부정할 수는 없었다. 혀마저도 그의 말을 따르지 않고 끊임없이 침을 흘리고 있었으니 말이다.

⚖

"쯧쯧쯧."

노형진은 구치소에서 수갑을 찬 채로 자신을 노려보는 백남술을 바라보고 있었다.

그는 무서운 눈빛으로 바라보고 있었지만 그다지 무섭지는 않았다.

아니, 무서울 수가 없었다. 앞니 두 개가 날아간 그의 얼굴은 누가 봐도 영구 같은 느낌이었으니까.

"네놈이…… 네놈이……."

"덤비라면서요? 전 원하는 대로 한 겁니다."

"이 개자식!"

당장이라도 목을 조르고 싶었지만 백남술이 할 수 있는 건 없었다. 그래 봤자 자신의 죄만 늘어날 뿐이니까.

"네놈을 죽여 버릴 거야!"

"그거야 당신이 힘이 있고 돈이 있을 때의 이야기죠. 애석하게도 이제 당신에게는 아무것도 없습니다. 이제는 알거지예요."

"뭐라고?"

"아무래도 당신 변호사도 도망간 것 같더군요. 아직도 모르고 있었다니."

"그, 그게 무슨……?"

그러고 보니 자신의 변호사는 한 번도 여기에 오지 않았다. 의뢰인이 구속되었다면 당연히 와야 하는 게 정상인데 말이다.

노형진은 미소를 지으면서 그의 상황을 차분히 알려줬다.

물론 듣는 사람의 입장에서는 눈이 돌아 버릴 지경이지만.

"좋은 소식부터 알려 드릴까요, 나쁜 소식부터 알려 드릴까요?"

빠드득.

하지만 그는 대꾸하지 않았다.

노형진은 그의 심기를 배려할 생각이 없기 때문에 자기 마음대로 순서를 결정했다.

"나쁜 소식부터 알려 드리지요. 당신 재산은 모두 압류되었습니다. 아, 스위스에 감춰 둔 것도 찾았으니까 걱정하지 마세요. 그건 주주들과 당신들이 부려 먹은 GM들에게 넘어갔습니다. 기업은 뭐, 남아 있기는 한데 전화기 하나까지 경매 대상이라 없다고 보는 게 좋을 거예요. 다만 탈세로 한 120억 정도 내셔야 할 게 남았네요."

노형진은 싱글거리면서 말했다.

그러자 뒷목을 붙잡는 백남술.

"좋은 소식은, 당신을 등쳐 먹은 GM들도 그다지 돈은 못 벌었다는 거죠."

그들은 소송하면 수십억이 자신에게 돌아올 거라 생각했지만 공식적으로 그들 역시 탈세한 건 마찬가지이기 때문에 밀린 세금에 1.5배의 가산금에 벌금까지 내고 나니 그다지 많이 남지 않았다.

물론 노형진은 그걸 다 알고 있었다. 그러나 말하지 않았다.

어차피 그들도 나쁜 놈인 건 마찬가지 아닌가?

도구로서 효용이 다했으니 신경 쓸 필요는 없었다.

"정부만 좋은 일 시키셨네요. 수백억이 들어와서 세무서에서 좋아서 죽으려고 하던데요?"

"어억!"

"그리고 좋은 소식이 하나 더 있습니다."

명백하게 도발하는 듯 말하는 노형진.

"게임은 계속 유지될 거예요. 필생의 역작이 망하지는 않을 겁니다. 물론 경매로 다른 회사로 넘어간 덕분이지만. 그래도 자기가 개발한 게임이 생명을 유지한다는 게 얼마나 좋은 일입니까?"

물론 그딴 건 백남술에게 상관없었다.

그는 그저 돈이 다 날아갔다는 말에 정신을 차리지 못하고 멍하니 듣고 있을 뿐이었다.

"그리고 나쁜 소식은……."

"아까 했잖아! 분명히 아까 했잖아! 그런데 왜 또 나쁜 소식이야!"

멍하게 있던 그는 노형진의 말에 격하게 반응하기 시작했다.

다 잃어버렸다. 모든 걸 다 잃어버렸는데, 또 나쁜 소식이라니?

"내가 나쁜 소식과 좋은 소식이 있다고 했지, 한 개씩이라고는 안 했는데요?"

"이런 개자식!"

철컹!

그가 매고 있던 수갑이 그를 움직이지 못하게 했다.

그 수갑은 바닥의 고리에 연결되어 있어서 움직일 수조차 없었던 것이다.

"좋은 소식도 두 개인데, 나쁜 소식도 두 개여야지요. 당신이 명예훼손과 모욕 그리고 성희롱을 교사했다는 증거가 나왔습니다. 그것에 대해서 수사 중이에요. 아마도 그쪽도 손해배상을 할 것 같군요. 다행히 해당 범죄에 대한 교사는 형법적으로는 처벌이 없어서 형량이 늘어나지는 않을 테지만 금전적으로 배상해야 할 겁니다. 물론 감옥에서 나온 후에 말이지만. 쇠창살에 익숙해져야 할 겁니다."

"으아아아!"

백남술은 절규했다.

그러나 그가 할 수 있는 것은 아무것도 없었다. 그저 자신을 파멸시킨 노형진을 저주하는 것 말고는 말이다.

노형진은 그런 그의 귀에 대고 미소를 띤 얼굴로 작게 중얼거렸다.

"게임 오버."

"으아아! 개자식! 죽여 버릴 거야!"

절망한 백남술은 소리를 지르는 것 말고는 할 수 있는 게 없었다.

망자의 길

"실례합니다."

문을 빼꼼 열고 들어오는 남자.

무표정한 그의 얼굴을 본 직원들은 무슨 일인가 하는 시선으로 고개를 돌렸다. 그리고 그중 한 명이 그를 알아보고 자리에서 일어났다.

"아, 혁이 아저씨! 여기는 어쩐 일이에요?"

"어…… 변호사님 계신가요?"

"누구요?"

"아무나요."

"당연히 계시지요. 그래도 로펌인데."

혁이라고 불린 남자는 빼꼼 내밀었던 몸을 모두 드러냈다.

"그러면 상담 좀 받을 수 있을까요?"

"사건 의뢰인가요?"

"어, 그렇다고 볼 수도 있죠."

"그렇다고요?"

"네."

"일단은 원래 상담비를 받아야 하는데…… 잠시만요."

그를 알아본 직원은 몇 군데 전화를 해 보더니 씨익 웃었다.

"마침 시간이 남아도는 분이 계시네요. 가서 상담 한번 받아 보세요."

"상담비는……."

"아, 그건 안 받으신대요. 같이 일하는 사이니까."

"아, 감사합니다."

안내를 받아서 안쪽으로 들어가는 혁.

그러자 다른 직원들이 대화를 나누던 직원에게 다가갔다.

"누구야? 같이 일하는 사람이라고 하기는 했는데 얼굴은 처음 보는데."

보통 같이 일한다고 하면 몇 번은 사무실로 오기 마련이다. 그런데 단 한 번도 이 사무실에 온 걸 본 적이 없다.

그러니 기억이 안 날 수밖에

"같이 일하기는 하는 거야?"

"아, 너희는 잘 모르겠구나. 저분은 남궁혁 씨라고, 외부 지원으로 근무하는 분이야. 정확하게는 외주라고 해야 하나?"

"외주? 우리 회사에서 외주 줄 게 뭐가 있어?"

법률 회사에서 처리하는 건 외주를 주기에는 한계가 있는 일이다.

모든 법률적 과정은 기밀로 취급하는 데다가 현행법상 외주가 허가될 만한 일도 아니고 말이다.

"옷을 보아하니 변호사는 아닌 것 같은데."

"천국의 길이라고, 청소 업체를 운영하는 분이야."

"청소 업체?"

청소 업체라는 말에 다들 고개를 갸웃했다.

건물 청소는 고용된 분들이 하신다. 따로 외주를 주거나 하지는 않는다.

그런데 청소 업체라니?

"너희는 잘 모를 거야. 쉽게 말해서 유류품 처분 전문가라고 보면 돼."

"유류품?"

"사망자들의 유품이나 사채 같은 거."

"아!"

그중 누군가가 알아들었는지 손바닥을 딱 쳤다.

"그 뒤처리하는 사람?"

"뒤처리라고 하기는 그렇지. 뭐, 틀린 말은 아니지만."

"있기는 있구나."

"한국에 딱 세 명 있어."

"그게 뭔데?"

"말 그대로 청소하는 사람이야."

사람은 여러 가지 이유로 사망한다.

살인으로도 죽고, 사고로도 죽고, 고독사라고 해서 혼자 죽기도 한다.

경찰은 그런 경우 나서서 조사하고 혐의점이 없으면 사건을 종결한다.

"문제는 그 후지."

혐의점이 없어서 사건을 종결한 경우 그 사망자가 있던 공간이 남게 된다.

가족이 있고 자연스러운 죽음이라면 대부분 가족이 시신을 수습하고 장례를 치르고 내부를 청소하지만, 그렇지 않은 경우도 적지 않다.

"가족이 버려서 고독사하거나 연고자 자체가 없거나 가족 내에서 살인 사건이 나거나."

그런 식으로 방치되는 시신이 적지 않다. 시신은 정부에서 처리하지만 그 공간 자체까지 처리해 주는 건 아니다.

"그러면 그걸 가져다가 파는 거야? 고물상 아냐?"

"팔기는. 네가 안 가 봐서 그렇지, 한 번이라도 가 봤으면 그런 말 못 해."

"응?"

"야, 시신 썩는 냄새가 얼마나 지독한데."

그가 남궁혁을 아는 이유는 그가 일하는 것을 봤기 때문이다.

"전에 사건 도중에 한번 봤는데……."

고독사한 시신이었다. 그런데 한여름에 버려진 채로 무려 두 달을 방 안에 있었다.

문을 여는 순간 구역질이 나서 들어가지도 못했다.

"파리랑 구더기가, 농담이 아니라 10만 단위는 되더라."

"헐."

"냄새는 얼마나 심한데. 진짜 쓰레기장 냄새는 그에 비하면 향수야, 향수."

그런 공간에 들어가서 벌레를 박멸하고 물건을 청소하고 바닥과 벽지를 뜯어내고 유품을 정리하는 것.

그게 그가 하는 일이다.

"말이 세 명이지, 다 저분 아래에서 일하는 거니까 사실상 저분 기업이 유일한 뒷정리 업체야."

"그래서 천국의 길이구나."

직원은 고개를 끄덕거렸다.

"남은 길이라도 깨끗하게 가라고 하는 거니까."

"좋은 일은 아니네."

"누군가는 해야지."

힘들고 어렵지만 누군가는 해야 하기 때문에 하는 일.

소방관과는 다른 사명감을 가지고 일하는 직업이었다.

"그런데 왜 온 거야? 미수금이라도 있나?"

"그럴 리가. 우리는 그런 거 안 남기잖아. 그리고 아까 사건 의뢰라고 하지 않았어?"

"뭐, 그도 사람이니까 법률적인 뭔가가 있겠지."

직원들은 무심하게 말하고 각자 자신의 자리로 돌아갔다.

그를 환대한 남자 직원 역시 그가 들어간 방향을 바라보다가 다시 자리에 앉았다.

그 시각, 남궁혁은 송정한을 보면서 당황하고 있었다.

시간이 남는 변호사라고 해서 아래 직급인 줄 알았는데 대표라니.

물론 송정한도 그런 그를 보면서 당황하고 있었다.

"살인요?"

"네. 어, 근데 진짜로 제가 대표님에게 상담받아도 되는 건가요?"

"그건 걱정하지 마십시오. 어차피 대부분의 변호사들이 바빠서요. 제가 제일 시간이 만만한 법이니까."

"그래도……."

"저도 변호사입니다. 그러니 우려는 하지 마시라니까요. 그런데 살인이라니, 자세하게 말씀해 주세요."

"아…… 그러니까 저도 이 짓을 7년째 하고 있지요."

"그렇지요."

그 전에는 이런 일을 전문적으로 하는 업체나 사람이 없었다. 그래서 대부분 피해자 가족이나 집주인이 나서서 하는 수밖에 없었다.

지금은 남궁혁의 업체가 생기면서 다들 그를 부르는 바람에 그가 독보적이고, 경찰서나 변호사는 대부분 그의 연락처를 알지만 말이다.

"그래서 그 너머로 배우는 게 있거든요. 주워듣는 수준이지만."

"그런데요?"

"그런데 요즘 고독사하는 분들 보다 보면 이상한 게 눈에 자꾸 들어와서요."

"그래서 살인인 것 같다 이건가요?"

"네."

고독사란 혼자 사는 사람이 누구의 도움도 받지 못하고 늙어 죽거나 지병으로 죽는 현상을 말한다.

말 그대로 고독하게 혼자 죽어서 고독사라고 한다.

"고독사는 흔하게 벌어지는 편이잖습니까?"

"그렇기는 하지요."

한국에서 고독사는 특별한 일이 아니다.

대부분의 노인들이 가족들과 연락하고 지내지만 일부 노인은 그게 안 된다.

가족이 없는 경우도 있고, 가족에게 버려진 경우도 있다.

문제는 그 경우, 100% 고독사라는 것이다.

"그건 압니다. 그래서 경찰도 와서 대충 둘러보고 고독사로 처리하더군요."

"그거야 뭐……."

하루 이틀 문제도 아니고, 경찰의 입장에서도 확실하게 증거가 없는 상황에서 의심스러운 걸 모조리 살인으로 몰아가면 자기들이 과로로 죽으니까.

"그 후에 제가 뒷정리를 하는데 의심스러운 게 너무 많아요."

"가령?"

"고독사라고 하면, 어…… 뭐라고 해야 하나. 이상하다고 해야 하는데."

"그렇게 말하면 저희도 무슨 소리인지 모르는데요."

"그러니까 가령 고독사라고 하면."

고독사는 혼자 죽는 것을 뜻한다.

당연히 혼자 죽다 보니 특정 경우에 돌아가시는 경우가 많다.

"가장 많은 게 이불을 덮고 돌아가시는 거예요."

고독사의 대부분은 잠을 자다가 자연스럽게 그리고 갑작스럽게 돌아가시는 경우가 많다. 그래서 이불을 덮고 돌아가시는 분들이 많다.

"그런데 요 근래에 그렇지 않은 분들이 종종 보여요."

"종종? 그거야 그다지 이상한 일은 아닌 것 같은데요."

넘어지거나 다른 이유로 이불 속이 아닌 다른 곳에서도 죽을 수 있는 게 사람이다.

하물며 나이가 많아서 언제 죽을지 모르는 노인이라면 더더욱 말이다.

"압니다, 알아요. 그런데 이상하다는 거죠."

"이상하다라……."

"그냥 느낌뿐이니까……. 경찰에 이야기했지만, 거기서도 증거가 없으면 조사를 못 한다고 하니."

"흠……."

경찰은 살인의 증거가 없으면 살인 사건 조사를 하지 못한다.

그건 그들의 실수가 아니라 법이 그렇게 되어 있다. 그러니 무조건 그들을 탓할 수는 없는 노릇.

"그런데 정리하는 와중에 이 공간이 고독사한 공간은 아니라는 느낌이 강하게 드는 곳이 몇몇 군데 있어요."

"그래요?"

"네."

"흠……."

송정한은 고개를 갸웃했다.

일단 고독사라고 하면 수사가 들어가지 않는다. 당연히 부검이 이루어지지 않는다.

그러니 누군가를 죽였다고 해도 수사가 제대로 이루어질 가능성은 없다는 소리다.

'확실히…….'

그렇다고 그걸 모조리 조사하는 것은 공권력의 낭비다.

하지만 그냥 두자니 남궁혁의 경험이 적지 않다.

'그도 오랜 시간을 이쪽에서 일했으니.'

그는 살인 현장이나 자살 현장, 고독사 현장 등 그 모든 공간을 정리하고 뒷수습을 해 왔다.

그런 일은 거의 매일같이 있으며, 또 그 때문에 쉴 틈 없이 살아 왔다.

그런 그가 남과 다른 감각을 가지게 되었다 해도 그다지 특이한 일은 아니다.

어떻게 보면 경찰보다 죽음의 현장을 더 많이 보는 게 남궁혁과 그 직원들 아닌가?

"그러다가 얼마 전에 청소한 게 영 켕겨서요."

"켕기다니요?"

"노인 한 분이 돌아가셨는데……."

경찰에서는 고독사로 처리했다.

시신은 바로 화장되었고, 그가 살던 공간은 남궁혁이 청소하게 되었다.

"그런데요?"

"이불이 찢어져 있더군요."

"그게 이상한 건가요?"

"이상하지요."

이불은 오래된 것도 아니고 새 물건이었다. 아마도 새로 구입한 지 얼마 되지 않았을 것이다.

"그런데 그걸 찢으려면 젊은 사람도 상당한 힘을 줘야 합니다. 그런데 힘이 없는 노인이 찢었다고요?"

"찢어졌다고요?"

"네."

혼자 사는 노인이 이불을 찢을 가능성은 거의 없다.

어린아이라면 실수로라도 찢을 수 있겠지만, 언제 죽을지 모르는 노인이 이불을 찢는다?

"발 쪽 이불이 찢어졌는데요."

"그런데요?"

"그렇게 정정한 노인이 갑자기 죽는다는 건 또 말이 안 돼서……."

"음……."

확실히 고독사할 정도의 노인들의 특징은 기력이 없고 힘이 달린다는 것이다.

무시하는 게 아니다.

노인분들 중에도 기력이 넘치고 정정한 분들이 있기는 하지만, 고독사라는 것의 전제 조건이 혼자 살고 가족과 단절되어야 한다는 것이다.

그렇다 보니 대부분의 노인들은 그다지 힘도 없고 기력을 챙기려고도 하지 않는다.

"그런 사건들이, 생각해 보니까 적지 않아서요."

"적지 않다라."

확실히 살인의 증거로는 부족하기는 하다.

하지만 정상적인 죽음이라고 치기에도 어색한 느낌이 있기는 하다.

"괜찮으시면 한번 보시겠어요? 혹시나 하는 마음에 사진을 찍었는데요."

"한번 보죠."

"어, 저기, 그런데……."

"저도 시신 사진을 보는 게 처음이 아니니 걱정하지 마세요."

"네."

사진을 건네는 남궁혁.

송정한은 그걸 받아서 살피기 시작했다.

시신은 없었다. 애초에 경찰에서 가지고 갔으니 있을 리 없다.

남은 것은 텅 빈 공간과 이불뿐.

"확실히……."

이불의 상태는 깨끗했다. 세탁을 한 게 아니라 새거라는 티가 확실하게 났다.

그리고 발 쪽이 제법 길게 찢어져 있었다.

"이상하군요."

"그렇지요?"

물론 실수로라도 찢어질 수는 있다. 그건 이해한다.

하지만 이런 혼자 사는 노인들은 쉽게 이불을 바꿀 수 있는 여건이 되지 않는다.

그래서 그들은 실수로라도 찢어진 부위가 있다면 기워서 사용하든가 더 이상 찢어지지 않게 조심한다.

'그런데 한 번에 쫙 찢어진 느낌이란 말이지.'

그러나 독거노인들의 현실을 생각하면 말도 안 되는 일.

"의심스럽다고 경찰에 이야기했지만 그쪽에서는 자기들이 권한이 없다면서 발을 빼서요."

확실한 살인의 증거가 없으면 경찰이 조사하지 못한다.

그래서 생긴 말이 시신이 없으면 살인도 없다는 것일 만큼, 증거가 없으면 경찰은 일하지 못한다.

"한번 우리 쪽에서 알아보도록 하겠습니다."

"그래 주시겠습니까?"

"그런데 참 애매하군요. 저희는 변호사 사무실이지, 경찰서가 아닌데요."

"그건 아는데 생각나는 게 여기밖에 없어서, 하하하하."

남궁혁은 어색하게 웃었다.

송정한은 그런 그를 보면서 피식 웃었다.

"걱정하지 마세요. 저희가 알아서 할 테니까요."

⚖️

남궁혁이 가지고 온 사건은 바로 이사회로 올라갔다.

그 사진을 본 노형진은 심각한 얼굴이 되었다.

"확실히 의심할 만한 정황이군요."

"저도 동감입니다."

김성식 변호사 역시 사진을 바닥에 두면서 말했다.

"의심할 만한 가치가 있다고 보입니다."

"어째서요?"

"위치상으로 봤을 때 이불이 찢어진 위치는 대략 발 정도 됩니다. 그런데 이 정도로 찢어진다면 그걸 덮고 있던 사람이 상당히 격렬하게 몸부림을 쳤다는 뜻이거든요."

그 와중에 찢어졌을 가능성이 높다는 것.

"그런데 혼자 사는 독거노인이라면 그럴 이유가 없지 않습니까?"

"잠버릇이 험할 수도 있지 않나?"

"사람이 아무리 잠버릇이 험해도 이 정도는 아닙니다."

"그런가?"

"네."

김성식은 확신하는 듯 말했다.

그리고 노형진은 김성식의 그런 말에 전적으로 동감이었다.

"제 생각에도 이상합니다. 물론 잠버릇이 거칠 수도 있지요. 하지만 잠버릇 거친 사람은 한두 명이 아니잖습니까? 그런 사람들의 이불도 옆으로 날아가지, 찢어지지는 않습니다."

"그렇다면?"

"이불이 옆으로 날아갈 수 없는 상황, 그러니까 누군가 그 이불을 누르고 있었을 가능성이 높다는 뜻이지요."

"눌렀다고?"

"네."

노형진은 사진을 들어서 다시 한 번 보여 줬다. 그리고 확실하게 말했다.

"만일 뭔가가 누른다면 어떻게 하시겠습니까?"

"그거야……."

뭔가가 누른다면 사람은 거기서 벗어나려고 할 것이다.

"그렇다면 이불이 찢어지는 위치는 발이 아니라 손이어야 합니다. 왜냐, 벗어나기 위해서 이불을 밀거나 들어 올리려고 했을 테니까요."

"아!"

뭔가가 누르는 것과 누군가 누르는 것 사이에는 엄청난 갭이 있다.

뭔가가 넘어져서 누르고 있는 거라면 그 누르는 것을 없애기 위해서 손으로 밀었을 것이다. 그러니 상했어도 손 부위 이불이 찢어져야 한다.

"그런데 발 부분이 찢어졌다는 건 발버둥을 쳤다는 뜻입니다. 그렇다면 그동안 손은 뭘 했을까요?"

"응?"

그게 의문이다.

벗어나기 위해서 발버둥을 칠 정도면 손도 뭔가를 하고 있어야 정상이다.

인간은 발보다는 손에 더 익숙하다.

"확실히 이상하기는 하군."

애초에 단순히 이불이라고 하면 손으로 치워서 벗어나면 그만이다.

사람이 아무리 힘이 없어도 이불에 깔려서 죽지는 않을 것이다. 그냥 옆으로 밀면 그만이 아닌가?

"손은 뭐 하고 있었는가."

노형진은 어색하게나마 종이에 뭔가를 그리기 시작했다.

"이런 상황이라면 이해가 가지요."

누워 있는 사람.

그 사람은 이불로 덮여 있고, 그 위에 누군가가 있다.

그는 누워 있는 사람에게 어떻게 해서든 공격을 가한다.

상대방이 누워 있으니 방식은 두 가지가 된다. 목을 조르든가, 아니면 뭔가로 얼굴을 누르든가.

"전자는 아닙니다. 경찰이 아무리 바보라고 해도 목에 있는 멍까지 발견하지 못하지는 않을 테니까."

"후자군."

"네. 그리고 이분은 이불을 가지고 있지요."

"이불."

누군가 이불로 얼굴을 찍어 누르면?

비명은 새어 나가지 못한다. 숨도 쉬지 못한다.

그리고 손은…….

"찍어 누르는 누군가를 밀쳐 내기 위해서 버둥거리겠군."

"네."

그러면 손이 아무것도 하지 못한 것이 이해가 간다.

그리고 그런 상황이면 사람은 버둥거리면서 발까지 써서 밀어내려고 할 것이다.

"설마 살인이 맞다는 건가?"

"가능성을 무시할 수는 없다고 생각합니다."

노형진의 말에 김성식은 심각한 표정이 되었다.

"저 역시 동감입니다. 약자에 대한 살인은 언제나 있어 왔으니까요."

"음……."

"다만 그걸 찾아내느냐 못 찾아내느냐 하는 차이가 있겠지요."

전 세계 어디에나 이런 약자에 대한 살인은 흔하게 벌어진다.

보호 대상에서도 들어가지 않고 설사 시신이 발견되어도 이상할 게 없다고 생각해 버리면, 살인마는 주저하지 않는다.

"미국에서도 비슷한 사건이 적지 않지요."

미국에서도 노숙자들이 죽는 사건이 있었다.

전국을 돌아다니면서 백 명이 넘는 노숙자들을 죽였는데, 하나같이 사인은 약물중독이었다.

'그때 누군가가 의심하지 않았다면…….'

노숙자들이 약물중독으로 죽는 일이 워낙 흔하다 보니 경찰은 그다지 의심하지 않았고, 범인은 수년간 백 명이 넘는 노숙자를 살해했다.

그런데 지역 경찰 중 한 명이 죽은 노숙자에 대해서 알고 있었는데, 약을 하는 사람도 아니거니와 재산이 약물을 살 정도로 충분히 있는 사람이 아니라는 것을 기억해 내서 의심을 가지고 조사한 결과 살인범이 잡힌 것이다.

"옛날부터 보호 반경 외부에 있는 약자에 대한 살인 시도는 계속 있었습니다."

"음……."

"영국의 전설적 살인마 잭 더 리퍼도 그런 녀석이었지요."

그가 노리던 살인의 대상은 그 당시 무시받으며 보호받지 못했던 매춘부들이었다. 결국 그는 잡히지 않았다.

"약자가 표적이라……."

확실히 독거노인들은 당장 죽어도 이상할 게 없는 노인들이다.

의심만 받지 않고 죽일 수 있다면 원하는 대로 살인할 수 있는 대상인 것이다.

"더군다나 한국에는 독거노인들이 넘쳐 나지요."

"음……."

"중국에서 노숙자들을 노렸던 점을 생각해 보세요. 왜 그들이 노숙자를 노렸을까요?"

송정한은 눈을 찌푸렸다.

중국의 삼합회에서 노숙자들의 장기를 밀매하려고 했던 적이 있다.

노숙자들은 보호받지 못하니까.

누구도 그들이 사라지는 것을 신경 쓰지 않으니까.

"자네는 이게 살인이라고 확신하는 건가?"

"확신은 아닙니다. 하지만 의심은 해 볼 만하다고는 생각합니다."

"경찰에 도움을 요청해야 하나?"

송정한은 걱정스럽게 말했다.

하지만 김성식은 고개를 흔들었다.

"남궁 사장도 도움을 요청했다가 거절당했다고 하지 않았습니까?"

"그렇기는 하지요."

"현 상황에서 경찰에 도움을 요청하는 건 무리일 듯합니다."

"끄응."

결국 남은 것은 자신들이 하는 것뿐이다.

그리고 그걸 할 수 있는 것은…….

"자네, 가능하겠나?"

노형진을 바라보는 송정한.

"해야지요."

기억을 읽을 수 있는 그라면, 어쩌면 이 일을 생각보다 더 쉽게 해결할 수 있을지도 모른다는 생각이 들었다.

"연쇄살인이라……."

김성식 변호사는 노형진과 함께 움직이면서 심각한 표정을 지었다.

"김 변호사님, 이게 그렇게나 큰일인가요?"

"큰일이지요. 한국은 연쇄살인, 특히 감춰진 연쇄살인에 대한 대응이 상당히 떨어지는 편입니다."

손채림의 질문에 김성식은 우려 섞인 말을 했다.

"지난번에도 그랬잖아."

"하긴, 유능하지는 않지."

"유능의 문제가 아니라 경험이 부족해. 우리나라의 수사 기법은 너무 주먹구구식이거든."

미국 같은 경우는 새로운 수사 기법이 나오면 그걸 기존 경찰들에게 강의한다.

하지만 한국은 그런 게 없다.

기껏해야 서류로 나눠 주는 수준?

그걸로는 제대로 수사 방법이 전달될 리 없다.

"그런데 왜 하필이면 독거노인이지요?"

남궁혁이 말하기로는, 자기가 의심스럽게 본 사건만 다섯

건이 넘는다고 했다.

그 말이 맞는다면 상대방은 생각보다 많은 사람을 죽인 셈이 된다.

그 말고도 다른 두 명이 처리한 사건도 있을 수가 있는 데다가, 한국 유일의 처리반이라고 하지만 그들에게 일을 맡겨야 한다는 법은 없기 때문에 아예 넘겨지지 않은 사건도 있을 수 있으니.

"일단은 살인에 대한 쾌감이지."

"하지만 보통 살인은 취향에 따라서 움직이지 않아?"

손채림은 그 부분이 이해가 가지 않았다.

보통 연쇄살인범은 자기 취향에 따라서 목표를 골라서 죽인다. 그런데 노인이 취향이다?

"좀 이상한 취향인데?"

"이론적으로는 그렇지. 하지만 모든 게 이론과 맞는 건 아니라고 하잖아."

실제로 학자들은 검은 백조는 있을 수 없다고 했지만 발견되었고, 인간은 시선을 양쪽으로 나눌 수 없다고 하지만 그런 사람이 일본에 있다는 게 알려졌다.

"취향이 노인일 수도 있고, 어떠한 사유에서 노인을 노리는 것일 수도 있고."

"흠."

"어쩌면 살인 자체가 목적이고 살인하기 좋은 대상이 노인일 수도 있다네."

김성식은 손채림에게 말하면서 시선을 차 바깥으로 돌렸다.

"결국은 말이야, 우리가 생각하는 모든 것은 가능성일 뿐이라네."

"살인도요?"

"살인도 마찬가지지."

살인이라 의심하고 있지만 살인이 아닐 수도 있는 것이 현실.

"결국은 가서 두 눈으로 보는 수밖에 없지."

김성식의 말을 끝으로 차량 안에는 침묵만이 흘렀다.

⚖️

"여긴가?"

"네."

"너무 깔끔하군. 살인 사건이 있었다고 보기 힘들 정도야."

"남궁혁 씨가 일 하나는 깔끔하게 하거든요."

"그렇기는 하지. 그런데 이래서야 원."

사람이 죽었다고는 보이지 않는 공간이다.

깨끗하게 도배되어 있고 바닥까지 정리되어 있으며 냄새 하나 나지 않는 공간.

"소문이 나서 비어 있는 정도가 다행인 건가?"

수사고 나발이고 아무것도 없으니 할 수가 없다.

"살인 사건 현장이면 그냥 뒀을 텐데."

"그렇지. 하지만 여기는 살인 현장이 아니니까."

경찰은 고독사로 처리했고, 그러면 그 처리를 요구할 수 있는 것은 집주인이다.

그리고 집주인의 입장에서는 시신에서 풍겨 나온 냄새가 나는 집을 그냥 둘 수는 없는 노릇이다.

"물건들은?"

"모두 소각 처리했다고 하더군."

"소각?"

"그래. 그게 표준 처리 과정이니까."

고독사의 대부분은 시신이 정상적인 상태로 발견하지 못한다. 그래서 고독사라고 하는 것이다.

그들의 유품은 쓸 수도 없거니와 쓰려고 하는 사람도 없다.

결과적으로 모든 물건은 세균이나 기타 이유로 인해서 소각 처리할 수밖에 없다.

"그러면 누가 범인인지 알아?"

"그게 문제야."

모조리 소각 처리된 상황에서 자신들이 흔적을 찾는 것은 어려운 일이다.

"CCTV를 보는 것도 이번에는 힘들 것 같네."

독거노인들은 대부분 재산이 별로 없다.

애초에 재산이 있으면 자식이 버리는 경우가 드물다.

그래서 그들이 사는 곳은 대부분 원룸으로 가득한 지역이고, 그런 곳은 대부분 보안이 확실하지 않다.

"설사 있다고 해도 시간이 지나서 남아 있지도 않을 겁니다."

"흠……."

"누군지 모르지만 살인이 있다면 강제로 열고 들어온 건 아닌 듯합니다."

"있다면 말이지. 그런데 이건……."

찢어진 이불 말고는 흔적도 없는 상황.

'기억을 읽어?'

그것도 힘들다.

기억을 읽으려면 사물과 접촉해야 한다.

쉽게 생각해서 방이라는 공간에 대해서 기억을 읽을 때 방과 접촉하면 되지 않나 할 수도 있지만, 엄밀하게 말하면 방이 아니라 그곳의 벽지와 바닥재 등에 있는 기억을 읽어 내는 것이다. 건물 그 자체에 있는 기억이 아니라.

'문제는 그렇게 남은 게 없다는 건데.'

시체가 썩는 냄새는 상상을 초월한다.

당연히 벽지나 바닥재 등을 모조리 다 뜯어내고 거의 공사 수준으로 청소하지 않으면 그 냄새가 빠지지 않는다.

'가게에서 밥을 못 먹는다지?'

그 냄새가 어느 정도냐면, 오래된 시체를 처리하는 사이에 남궁혁은 가게 자체에 들어가지도 못한다.

옷과 몸에 밴 냄새만으로도 온 가게가 초토화되기 때문이다.

그래서 이 일을 할 때는 매번 배달시켜서, 그나마도 멀찍이 감치에 두고 가라고 해서 받아 먹을 수밖에 없을 지경.

'그걸 청소하려고 하니.'

당연히 남아 있는 게 있을 수가 없다.

'문? 문도 무리.'

냄새가 나는 대상은 벽뿐만이 아니다. 문 역시 냄새가 밸 수밖에 없다.

특히나 이곳처럼 나무로 된 문이 달려 있는 경우 그 냄새를 뺄 방법이 없다.

나무로 된 문은 냄새를 깊숙하게 흡수하고 오래 내뿜으니까.

"문도 새거네."

손채림은 그걸 보면서 어이가 없는 모양이다.

"시취는 생각보다 강하니까."

노형진은 가능성이 없어져 버린 문을 보면서 혀를 끌끌 찼다.

'남은 건 창문틀 정도인가?'

그러나 상대방이 창문틀로 들어온 게 아닌 이상 쓸 만한 기억이 남아 있을 것 같지는 않았다.

"어떻게 생각하나?"

"네?"

"이곳 말이야. 자네 생각에는 살인이 있었을 것 같나?"

"솔직히 모르겠습니다. 아무것도 없어서요."

"그런가?"

"하지만 한 가지 가정은 할 수 있겠네요."

"어떤?"

"누군지 모르지만 범인은 피해자를 알고 있었어요. 피해자도 범인을 알고 있었고."

"그걸 어떻게 아나?"

"문이죠."

"문?"

"문은 바꿨지만 문틀은 안 바꿨거든요."

문을 바꾸는 것은 생각보다 쉬운 일이다. 하지만 문틀을 바꾸는 것은 상당히 힘들다.

시멘트로 고정되어 있으니 결과적으로 그걸 부수어서 뜯어내고 새로 고정해야 한다는 건데, 그건 청소라기보다는 공사다.

"문틀을 보세요. 부순 흔적이 없어요."

"흠."

만일 문을 부수고 들어가는 사람이었다면 어떤 식으로든 문틀에 흔적이 남아 있어야 한다.

나무로 된 문에서 제일 약한 부분은 다름 아닌 고정 정치 부분.

드라이버로 고정된 정도니까, 영화처럼 한 번에 부술 수 있는 것은 아니지만 작심하고 부수려고 하면 못 부술 건 없다.

"그런데 부순 흔적이 없다는 건 알고 문을 열어 줬다는 거죠."

"그런가?"

"네. 아니라면 보통 문을 열어 놓고 살았다는 뜻이고요."

"음……."

"일단은 주인을 만나서 이야기해 보는 게 좋겠네요."

이런 사건은 묻지 마 살인이 아닌 계획범죄다.

그런데 계획범죄의 대부분은 주변을 돌면서 표적을 감시하고 사건을 진행시킨다.

당연히 주변 인물들이 범인을 봤을 가능성이 높다.

"한번 물어보기나 해야지요."

결국 사건의 시작은 인간에서부터였다.

⚖

"말도 마. 소문이 나서 방도 안 나가."

작은 원룸의 주인은 짜증스럽게 말했다.

고작 5평 정도 되는 공간이다. 말이 원룸이지, 거의 쪽방 수준인 셈.

"사망자에게 원한을 가지거나 할 사람이 있습니까?"

"원한? 그럴 리가. 원한이라고 해 봐야 어디 다른 노인이랑 폐지를 가지고 싸우는 정도일걸."

혼자 살다 보니 돈이 필요하고, 노인들은 취직을 할 수가 없으니 가장 많이 하는 게 바로 폐지 수집이다.

"자주 다니셨나 봐요?"

"간간이 다니기는 하셨지."

"국가에서 지원받으셨나 봐요?"

"그래서 다른 노인들처럼 그다지 열심히는 아니었어."

그렇다면 그 분쟁으로 죽었을 가능성은 그다지 높지 않다.

아니, 애초에 그게 원인이었다고 하면 살인의 증거가 남았으리라.

'상대방도 노인일 테니까.'

원한이라는 것은 얼토당토않은 이유로도 얼마든지 품을 수 있다. 그러니 그게 원인일 수도 있다.

그러나 보통 폐지를 줍는다는 것 자체가 노인이 주로 하는 일이라는 점을 감안하면 그 분쟁의 상대도 노인일 것이다.

그러나 노인이 노인을 제압하고 죽인다?

그건 쉬운 일이 아니다.

'상대방은 건장한 사람이야. 최소한 노인을 쉽게 제압할 정도의 힘은 가지고 있어야 해.'

아무리 노인이라고 해도 살기 위해서 발버둥을 칠 때는 작지 않은 힘이 나오기 마련이다.

그러니 그 힘을 이기려면 젊은 사람일 수밖에 없다.

"혹시 자주 찾아오는 사람 없던가요?"

"자주 찾아오는 사람?"

"네, 뭐 도와준다고 접근하거나."

"그런 사람은 별로 없는데. 그런 노인들이 한두 명도 아니고, 그런 노인들을 다 도와주겠다고 할 수는 없지."

"도시락을 배달해 주거나 동사무소를 사칭하거나……."

모른다는 듯 어깨를 으쓱하는 집주인.

"그러면 사망자는 문을 열어 놓고 생활하는 편인가요?"

"그럴 리가. 이 근처에 도둑이 얼마나 많은데."

"도둑이 많아요?"

"잘사는 동네는 아니지 않수?"

다시금 어깨를 으쓱하면서 말하는 집주인.

하긴 잘사는 동네가 아니다.

집주인 자체도 이곳에 거주하는 사람이 아니라 건물만 가지고 있는 사람이니.

'그러면 이곳에 자주 오는 사람이 있는지는 모르겠군.'

따로 거주하는 경우 이곳에 오는 일이 없으니 누가 오는지 확실하게 알 수가 없다.

그렇다고 주변 사람들이 관심을 가지는 것도 아니다. 자기 먹고살기 바쁜 게 현실이니까.

"쉽지 않은데."

이미 집 주변을 탐문했지만 나온 것은 없다.

결과적으로 누가 죽었는지 본 사람도 없고 말이다.

"사건을 더 수사할 거야?"

손채림은 걱정스럽게 물었다.

"글쎄…… 계속해야 할 것 같은데, 애매하네."

의심의 여지는 있다. 그러니 수사는 해야 한다.

문제는 노형진은 새론의 변호사라는 것이다.

"의뢰를 받는 게 보통인데."

"고발은 할 수 있잖아?"

"그건 그렇지. 하지만 결국은 수사의 편의성이 문제야."

의뢰가 있다면 당당하게 관련 조사 중이라고 협조를 요청할 수 있다.

하지만 그렇지 않다면 전혀 관계가 없는 사람이 되기 때문에 협조를 요청하기도 애매해지고, 협조를 요청해도 상대방이 도와주려고 하지 않는다.

"가족들에게 부탁하는 건 어때?"

"나도 그 생각을 안 해 본 건 아닌데."

그런데 가족이 없다.

독거노인이라는 것이 가족이 없는 경우도 있고, 가족이 버린 경우도 있다. 이번 경우는 후자였다.

"아니, 부모를 버려?"

"보통은 그런 경우야 별로 없지만 피해자가 좋은 성격을 가진 건 아니었나 봐."

수소문을 해서 아들을 찾기는 했다. 그러나 아들의 말은 잘 죽었다는 말뿐이었다.

애초에 사망 사실을 전해 들었음에도 불구하고 그는 시신 조차도 넘겨받지 않으려고 했다.

"그런 말도 안 되는 경우가 있어? 너무한 거 아냐?"

"너무한 건 아니야. 사실 의외로 그런 경우가 종종 있어. 그런데 그걸 가지고 뭐라고 하기에는 참 상황이 애매하단 말 이지."

각자 자신의 역할이 있기 마련이다.

그런데 부모가 부모의 역할을 하지도 못했는데 자식에게 무조건 책임지라고 할 수는 없는 노릇이다.

물론 자식이 후레자식이라 버리는 경우도 없는 건 아니지 만 말이다.

"일단은 경찰에 이야기해 보는 게 좋겠다."

"경찰에?"

"응."

경찰이 혹시라도 접수해 준다면 자신들이 직접 나서지 않 아도 된다.

"하지만 남궁혁 사장님이 이야기했는데 거부했다면서?"

"일단 민간인과 변호사는 체급이 좀 다르거든."

아무리 같이 일한다고 해도 결국 그는 민간인이다.

그러나 변호사는 법적으로 아무래도 무게감이 좀 있을 수 밖에 없다.

"더군다나 정식으로 신고한 것도 아니고 그냥 말을 해 본 거라고 하니 정식으로 신고를 해 봐야지."

노형진은 그렇게 작은 기대를 가지고 신고할 수밖에 없었다.

"어, 곤란해요, 곤란해."

얼마 후 담당 경찰서에서 연락이 왔다.

담당 형사는 머리를 북북 긁었다.

"안 되겠는데요."

"진짜로요?"

"네, 저도 노 변호사님의 얼굴을 봐서 해 드리고 싶기는
한데……."

경찰이 무능하다고 하지만 모든 사람이 다 무능한 건 아니
다.

유능한 경찰도, 신념이 있는 사람도 있다.

노형진은 그런 사람들과 인맥을 만들어 놓으려고 했고, 그
들 역시 노형진을 적극적으로 도우려고 했다.

하지만 그건 한계가 있었다.

"증거가 없으니 혐의점 없음으로 종결하래요."

"하지만 이불이 있지 않습니까?"

"그러니까 문제죠. 찢어진 이불 하나가 살인의 증거가 될
수는 없잖아요."

"끄응……."

"시신이라도 남아 있으면 모르는데……."

이미 시신은 화장이 끝난 상태였다.

세상이 바뀌면서 대부분의 시신은 화장하는 것이 추세였고, 더군다나 독거노인이라는 특성상 가족들이 버리거나 관리할 수 없는 경우가 대부분이라 화장해서 뿌리는 것이 일반적인 관례였다.

"찢어진 이불 하나로 의심해서 사건을 추적하기에는 한계가 있어요, 솔직히."

"그렇기는 하지요?"

노형진은 이번 건에 대해서는 뭐라고 하지 않았다.

그건 정상적인 반응이다.

경찰에 사람이 넘쳐 나는 것도 아니고, 명확한 증거도 없는 사건을 추적하다가 정작 명확한 사건을 놓칠 수도 있는 노릇.

"저도 사정을 좀 봐드리고 싶어도 워낙 사건이 밀려서요."

미드처럼 사건을 혼자 개인적으로 추적하는 것은 한국에서는 불가능하다.

한국은 미국에 비해서 경찰 개인당 국민 수가 훨씬 많다.

그 말인즉, 언제나 사건이 넘친다는 것이다. 그러니 개인적으로 추적하는 것은 불가능하다.

"그렇다고 거기에서 뭐 도둑질이 있었던 것도 아니고."

"그게 문제입니다."

"알죠. 그렇지만 현실이라는 게, 하아……."

도둑질이 없었다는 것.

그건 목적이 살인이었다는 뜻이다.

만일 남궁혁의 예상이 사실이라면 상대방은 연쇄살인범 중에서도 최악의 형태라는 뜻이 된다.

돈이 목적이라면 돈을 노리면서 살인하니까 그런 상황이 아니라면 살인을 하지 않는다. 하지만…….

'살인이 목적이라면 절대 멈추지 않지.'

멈추지 않는 게 아니다.

필연적으로 이런 작자들은 살인의 속도가 점점 빨라진다.

그럴 수밖에 없는 게, 그들이 살인하는 이유는 살인에 의한 쾌감을 즐기기 위해서다.

그런데 마약을 하면 할수록 내성이 생기는 것처럼 살인도 마찬가지다.

점점 내성이 생기면 당연히 즐거움이 줄어드니 범행 시기가 점점 더 빨라질 수밖에 없다.

"그래도 제가 할 수 있는 건 해 드릴게요."

"네?"

"여기에 연락해 보세요."

형사는 서랍에서 뭔가를 꺼내서 건넸다.

그건 전화번호와 이름이 적혀 있는 종이였다.

"이건?"

"시청에서 일하는 제 친구 연락처입니다."

"시청?"

"아무래도 노 변호사님이 의심하는 거라면 알아봐야 하지 않을까요?"

"아!"

노형진은 바로 무슨 뜻인지 알아들었다.

독거노인들을 관리하는 것은 다름 아닌 자치단체다. 특히 나 시청이 그 일을 하기 마련이다.

반대로 말하면 모든 노인들의 생사 기록이 있다는 뜻이다.

"그리고 사망 사건이 발생하면 가장 먼저 연락하는 곳 중 하나지요."

그렇다면 자신들이 모르는 사건에 대해서 정보를 찾을 수 있을지도 모른다.

"좋은 생각이네요."

"그런 미친놈이 진짜로 있으면 저희도 곤란하거든요."

살인범을 좋아하는 사람은 없다. 당연히 살인범은 욕을 먹는다.

하지만 연쇄살인범을 못 잡으면 경찰이 욕을 먹는다. 특히 나 제대로 알아내지도 못한다면…….

"어휴…….

그는 자신도 모르게 부르르 떨었다.

"지능적 연쇄살인범을 잡는 게 쉬운 건 아니긴 하지요."

그건 시스템이 제대로 되어 있는 미국에서조차 쉬운 게 아니다.

그나마 표식이라고 해서 동일한 흔적이나 동일한 취향의 표적만 노리는 녀석이라면 쉽게 알아내는데, 지능적으로 약자만 노리는 만족형 살인범은 특정 자체가 힘들었다.

'15년 동안 마흔 명이 넘는 사람을 죽이기도 했으니……'

그것도 다른 지역이 아니라 같은 지역에서 말이다.

각각의 사건을 전혀 다른 방식으로 설계하여 살인해서, 전혀 다른 범인으로 알고 추적했으니 잡힐 리가 없었던 것이다.

"미리 이야기해 놓겠습니다. 아마 원하는 정보는 바로 줄 겁니다."

"감사합니다."

노형진은 바로 자리에서 일어났다.

사실을 확인하기 위해서는 한시라도 빨리 움직여야만 했기 때문이다.

심리적 추적술

"부탁하신 기록인데요."

노형진에게 파일을 가지고 온 남자는 머리를 북북 긁었다.

"이상한 게 있기는 하네요."

"네?"

"제가 복지 쪽에서 일한 게 한 8년쯤 되는데요."

그는 시청의 복지 부서 소속으로, 다행히 경험이 많은 사람이었다.

"사망자가 좀 많아요. 뭐, 이 시기가 좀 사망자가 많은 시기이기는 하지만."

여름이다 보니 더위를 이기지 못하고 돌아가시는 분은 많다. 그러니 이대로는 자신들도 상당히 조심스럽다.

여름에 돌아가시면 무서울 정도로 순식간에 부패되어 버리기 때문에 가능하면 빨리 확인해야 하기 때문이다.

"그렇다고 해도 지난 3년 전보다 사망자가 더 많아요."

"잠깐만요? 3년 전이라니요?"

"제가 근 10년 기록을 뒤졌거든요."

그는 기록을 늘어놓으면서 조심스럽게 말했다.

"그런데 2년 전부터 사망자가 폭증했습니다. 한 세 배 정도요."

"세 배요?"

"네."

"다른 요인은 없나요?"

"글쎄요. 노환으로 인한 사망이라는 게, 뭐 주기적으로 기간 정해서 돌아가시는 게 아니니."

변수는 많다.

날씨도 그렇고 사람들의 숫자도 그렇고 주변의 도움 여부도 판단해야 한다.

작년에 열 명이 죽었어도 노인이 나이를 먹을수록 죽을 확률은 높아지니 올해는 서른 명이 죽을 수도 있는 것이다.

"더군다나 그런 동네는 노인분들이 상당히 많아서요."

"그런가요?"

"그럴 수밖에요."

노인들이 돈을 벌 수 있는 방법은 없고, 따라서 좋은 집을

구할 수는 없다.

그러니 그들은 쪽방촌으로 몰려가게 된다.

"이런 말 하면 그렇지만 그곳 주민들 중 70% 이상이 나이 예순 이상입니다. 쪽방촌이라는 현실이 그렇지요."

"흠……."

그런 상황에서 누군가 도움을 주겠다고 접근하면 쉽게 문을 열어 줄 수밖에 없는 상황.

"예상대로 연쇄살인범이 있다면……."

단순 수치로는 예측하지 못한다는 소리다.

"주변 사람들에게 탐문해 보셨어요?"

"해 봤습니다만 별 소용이 없더군요."

"하긴. 주인은 거기에 살지 않으니까요."

그렇다고 거기 사람들이 활발하게 교류하는 것도 아니다.

저마다 먹고살기 힘들다 보니 방에 들어가면 거의 나오지 않는다.

"시신이라도 있으면 해부라도 해 보겠는데."

노형진의 예상대로 이불 같은 것으로 눌러서 질식시키는 형태의 살인이라면 해부해 보기 전에는 흔적이 남지 않는다.

"하지만 그런 경우는 대부분 경찰이 노환으로 넘겨 버리겠지요."

"끄응……."

노형진은 꼬투리를 잡을 수 없다는 생각에 머리를 북북 긁었다.

"그냥 착각하신 거 아닐까요?"

"착각요?"

"솔직히 찢어진 이불 하나로 살인을 추정하는 것은 좀 그렇지 않습니까?"

"그렇기는 합니다만……."

노형진도 이쯤 되니 착각인가 하는 생각이 들었다.

"일단 기록은 감사합니다."

"뭐 도움이 더 필요하면 말씀해 주세요."

노형진은 한숨을 쉬면서 바깥으로 나왔다.

"확실히 의심스러운 정황이기는 한데."

문제는 모든 것이 정황증거라는 것이다. 그저 정황증거만으로는 수사할 수가 없다.

"세 배라면 얼마나 죽은 거지?"

손채림은 수치를 보면서 눈을 찡그렸다.

"1년에 그곳에서 대략 스무 명 정도 죽는 걸로 되어 있어. 그렇다면 예순 명이 죽었다는 거지."

"헐."

"그중에서 사고나 기타 특정할 수 있는 이유를 제외한다면……."

교통사고나 병사 같은 경우는 특정할 수 있다. 그 사이에 병원이라는 곳이 끼니까.

이것이 법이다

그렇다면 그런 곳을 제외하고 남은 기록 중 가장 의심되는 노환이라는 부분으로 접근한다면…….

"대략 한 해에 스물다섯 명 정도가 의심 대상이군."

"고작?"

"고작이 아니야. 생각해 봐. 죽을 것같이 아픈데 너 같으면 어떻게 하겠어?"

"아!"

당연히 병원을 간다.

게다가 한국은 119 시스템이 잘되어 있어서 전화 한 통이면 바로 달려온다.

그리고 그런 사람들은 대부분 상황이 안 좋아지면 연락할 곳 한 곳 정도는 알고 있기 마련이다.

대부분의 독거노인들은 국가 지원을 받을 수 있으니 병원비는 국가가 내줄 것이다.

설사 그렇지 않다고 해도 당장 내가 죽을 것 같은데 버티는 사람은 별로 없다. 물론 아예 없는 건 아니지만 말이다.

"아파도 버티다가 죽는 사람을 감안하더라도 의심의 대상이 매년 스무 명이야."

매년 20년.

3년 전의 세 배라고 했으니 그중에 자연사를 추정한다고 해도…….

"1년에 열두 명 정도인 것 같네."

그 말을 들은 노형진은 쓴웃음을 지었다.

"숫자가 너무 공교롭다고 생각하지 않아?"

"끄응……."

1년에 열두 명. 그리고 1년은 열두 달이다.

만일 한 달에 한 명씩 죽인다고 한다면 정확하게 맞아떨어지는 숫자다.

"그런데 어떻게 이놈을 추적하지? 방법이 없잖아. 우리는 증거를 추적해야 하는데 증거 자체를 안 남기잖아?"

"이럴 때는 반대로 생각하면 돼."

"반대?"

"증거가 아니라 범인을 추적하는 거지."

"범인? 범인이 누군지 알고?"

"범인을 아는 게 아니야. 범인을 알아낼 수 있는 사람이 딱 한 명이 있지."

노형진은 평소에는 잘 안 쓰는 카드를 꺼내 들기로 했다.

⚖

"흠……."

김소라는 정황증거를 보면서 깊은 고민을 하고 있었다. 그리고 팀원들과 몇 마디 의견을 나누기도 했다.

"프로파일이라……. 하긴 우리에게 프로파일 팀이 있었

지? 네가 평소에 잘 안 써서."

"나도 대충 흉내는 내니까."

거기에다가 자신은 기억을 읽을 수 있는 능력이 있다.

아무리 프로파일이 좋다고 해도 본인의 기억을 읽어 내는 것보다 확실하지는 않다. 그래서 평소에는 프로파일러들에게 부탁하지 않는다.

그렇다고 해도 그들은 이미 눈코 뜰 새 없이 바쁘지만.

"대충…… 상황을 보니 판단이 되네요."

김소라는 회의를 마친 듯 서류를 정리하고 기다리고 있던 노형진에게 다가왔다.

"그런데 정황증거만으로 프로파일이 돼요?"

"그러니까 프로파일을 하는 거야. 도리어 물적 증거는 프로파일이 아니라 과학 수사의 영역이지."

"그런가?"

"네. 프로파일은 심리의 영역이니까요."

노형진의 맞은편에 앉은 김소라는 정리한 서류를 건네면서 자신들의 의견을 피력했다.

"일단은 저희 쪽은 연쇄살인의 가능성이 아주 높다고 보고 있어요. 정황상 독거노인이라는 존재는 살인을 피하기 힘든 존재이고, 보호의 대상에서도 벗어나 있으니까요."

노형진은 고개를 끄덕거렸다.

그 부분은 자신도 안다. 그러니 이 사건을 붙잡고 있는 것이다.

필요한 것은 범인에 대한 대략적인 정보.

"증거를 추적하는 게 아니라 범인을 특정하고 따라간다라……. 확실히 다르기는 하네."

수사로 치면 정반대인 셈이다.

물론 이건 위험한 발상이기도 하다. 까딱 잘못하면 범인을 정하고 그에 맞게 상황을 판단해 버리는 식이 되어 버릴 수 있으니까.

그렇기 때문에 프로파일러들은 무척이나 객관적이고 중립적이어야 한다.

"일단 저희들의 판단으로는, 범인은 나이가 30대에서 40대의 여성으로 보여요. 아마도 자원봉사 등으로 행동하면서 표적을 관찰할 거예요. 그 후에 적당한 시기에 살인을 시도하겠지요. 그다지 잘사는 집은 아닐 거예요. 덩치는 좀 있는 후덕한 편이고, 부모는 없을 겁니다. 어려서 할아버지나 할머니와 함께 살았을 테고 그들에게 학대받았을 가능성이 높아요. 얼굴은 순하게 생긴 편일 테고 주변에는 좋은 사람으로 인식될 듯해요. 기독교나 천주교, 또는 불교 등 어떤 식으로든 종교를 믿을 거고. 아마도 형태로 봐서는 교회 쪽에 다닐 가능성이 높아요."

김소라의 말이 계속될수록 손채림은 입을 쩍 벌렸다.

이건 그냥 상대방을 예상하는 정도가 아니라 특정해 내는 수준이 아닌가?

"결혼을 했을 테지만 이혼했을 가능성이 높고, 관계를 유지하고 있다면 상대방은 고아이거나 또는 부모가 일찍 돌아가셨을 겁니다. 직장에는 안 다닐 테지만 자신을 감추는 데 능숙할 거예요."

"그런가요……. 살인에 빠져서 살인을 하는 타입은 아닌가요?"

"아닙니다. 머리는 상당히 좋은 편이고 인내심이 강해요. 살인에 빠져서 하는 게 아니라 일종의 대리 만족이 목적일 거예요. 그리고 머리는 좋지만 학력은 높지 않을 거예요."

"제 예상이 틀렸네요."

노형진은 순순히 사실을 인정했다.

자신은 살인을 좋아하는 놈이라고 생각했는데 그게 아니라니.

'그런데 방향이 전혀 달라졌군.'

"그렇게 보이기도 하지요. 그렇지만 시간이 너무 안정적이에요. 이 수치대로라면 살인은 한 달을 간격으로 이루어지는데, 쾌락을 목적으로 살인을 하는 자라면 시간이 점점 줄어들 수밖에 없어요. 즉, 쾌락보다는 다른 목적이라는 거죠. 보통은 이런 경우 대리 만족이 목적이지요."

김소라의 말에 곰곰이 생각을 하는 노형진.

확실히 대상의 범위가 무척이나 줄어들었다.

일단 성별과 나이가 확 줄어들었다. 그렇다면 근처에서 추적하는 것도 훨씬 편해지리라.

노형진이 그렇게 생각에 빠지든 말든 프로파일이라는 것을 처음 본 손채림은 무척이나 놀란 모양이었다.

"아니, 점 같은 거예요? 수정 구슬 같은 걸로 나오나?"

"호호호, 그렇지는 않아요. 인간의 심리에 대한 문제지요."

"그런데 어떻게 그렇게 상대방을 특정해요? 현장은 보지도 않았잖아요."

"프로파일러에게는 현장도 중요하지만 상황도 중요하지요. 현장이 망가진 상태라면 상황으로라도 판단해야 해요. 인간은 생각보다 복잡하지만 또 생각보다 단순하니까."

"에?"

이해하지 못하는 표정이 되는 손채림.

"상황이 딱 맞아떨어지는군요."

"너는 맞아떨어지지, 난 안 떨어지거든!"

그냥 정황증거만 들고 왔는데 갑자기 범인이 짠 하고 지명되었으니 당황스러울 수밖에.

"설명 좀 해 주시죠."

노형진은 자신이 설명하기 귀찮은지 김소라에게 부탁했다. 자신은 머릿속을 정리하기도 복잡했으니까.

김소라는 알았다는 듯 고개를 끄덕거리고 자신들이 왜 그렇게 판단했는지 차분하게 설명해 줬다.

"일단 여성이라는 추측은, 피해자들이 저항하지 않았다는 점에서 그런 거예요."

"네? 하지만 자원봉사자라면서요?"

"그렇지요."

"보통은 자원봉사자면 의심은 하지 않잖아요?"

"의심을 하지 않지만 보여 주지 않는 모습도 있지요."

"에?"

"이번 사건의 원인이 된 이불요. 그리고 살인의 방식도 그렇고요."

"이불? 방식?"

"네. 이불을 덮고 얼굴을 눌러서 살인했을 거라 추정하는 상황이잖아요. 그런데 낯선 사람이 있는데 이불 속으로 들어가는 사람은 없죠."

"아!"

손님이 있다. 그런데 이불을 덮고 있는 사람은 없다.

설사 아파서 그런다고 해도, 잠들지는 않는다.

"피해자는 잠든 상태에서 질식한 걸로 보여요. 다른 찢어진 이불이 없었다는 걸 봐서는요. 그렇다면 이불을 덮고 잠들었다는 건데, 대부분의 사람들은 상대방이 남성인 경우에는 그러지 못하죠."

하지만 여성이라면, 특히나 자주 보고 자원봉사를 해 주는 여성이라면 방심하게 되고, 자연스럽게 잠들게 되기도 한다.

"나이는 그 지역에 녹아들어야 하니까요."

노인이 많은 지역에 10대나 20대 아가씨라면 너무 눈에 뜨인다. 그렇다고 너무 나이 많은 사람이 자원봉사를 가면 상대방의 입장에서는 부담스러워진다.

"그러면 부담스러워서 잠들지 못하죠."

"아하!"

결국 피해자들을 기준으로 대략 딸의 나이에 속하는 30대에서 40대 여성이 된다.

그 나이대에 자원봉사하는 사람도 많고, 피해자들도 딸과 비슷한 나이이다 보니 쉽게 마음을 연다.

"좋은 사람이라는 이야기도 그래요. 사람들의 입장에서는 자주 자원봉사를 다니고 그러는 그가 착해 보이겠지요. 그렇게 가면을 쓰는 것도 익숙할 테고요."

"종교는요?"

"일종의 심리적 전술이지요. 처음 보는 사람이 가서 '자원봉사 하러 왔습니다.'라고 하면 누가 문 열어 줘요?"

그러니 처음에는 집단으로 올 것이다.

그리고 교회나 성당 같은 곳은 자연스럽게 가니까.

"그러면 자원봉사를 더 많이 하는 성당이 더 가능성이 높지 않아요?"

"성당은 하나로 뭉쳐 있으니까요."

"하나로?"

손채림은 그 말뜻을 이해하지 못했다.

노형진은 그 말에 부족한 게 뭔지 알고 첨언해 줬다.

"성당은 바티칸이라는 형태로 교황 아래에 하나의 집단으로 되어 있어. 그러니까 한 지역에 단 하나만의 성당만 존재하지. 가령 네가 이사하면 과거에 다니던 성당이 아니라 네소속이 다른 지역에 있는 성당으로 바뀌는 거야. 그러니까 기록에 남는다는 거지. 이사하면 신고하니까."

"그런데?"

"교회는 아니야. 교회는 지역보다는 자기 목사라는 개념이 더 강해. 그래서 이사해도 옮기지 않는 경우가 많아. 그래서 먼 거리에서 와도 이상하게 생각하지 않지."

"쉽게 말해서 성당에 다니면 자신의 사는 지역이 드러난다는 거죠. 해당 교구에서 함께 와서 자원봉사를 하니까."

"아!"

"하지만 교회는 아니지요."

경기도에서 서울까지 교회를 다니는 사람도 있고, 반대의 경우도 있다. 그러니 특정 지역을 정해서 다니지 않는다.

더군다나 성당은 자기네 지역의 봉사를 하는 경우가 많다.

하지만 교회는 그렇게 자기네 지역이라는 게 없이, 필요하다면 그냥 그때그때 그곳으로 가는 편.

"자신을 감추기에는 교회 쪽이 훨씬 유리해요."

"그렇게 치밀하다고요?"

"이런 타입은 지능형 범죄자입니다. 우발적인 자들과 달라요. 거기에다가 계획적으로 움직이는 타입이라면 절대로 자기가 있는 지역에서 관심받을 행동을 하지 않아요."

"헐, 그러면 체중하고 결혼 여부는? 설마 나이 먹어서 살찌는 게 당연하다고 생각하는 건 아니실 테고."

"피해자들 중에 남자도 적지 않으니까요. 발버둥을 치면서 이불이 찢어질 정도인데, 아무리 나이 먹어서 근력이 떨어졌다고 하지만 밀어내지 못했다면 가벼운 사람은 아니라는 거죠."

사람은 위급 상황이 오면 필사적으로 변한다.

자식을 구하기 위해서 차를 들어 올렸다는 말처럼, 살기 위해서는 진짜 젖 먹던 힘까지 다 했을 것이다.

그런데 밀어내지 못했다는 것은 상대방이 그만한 근력을 가지고 있다는 뜻이다.

"여자가 근력이 강하다고는 보기 힘드니까 체중이 좀 나가는 편이라고 보는 게 맞지요. 위에서 이불로 찍어 누를 때는 체중 자체가 무기가 되니까."

"다른 건요?"

"살인의 대상이 노인으로 한정되어 있으니까요. 물론 노인이 죽이기 좋은 대상이기는 하지만, 그렇다고 해서 처음부터 노인으로 정하는 경우는 드물죠. 보통 살인의 대상은 자신이 원한을 가진 자가 됩니다. 아니면 대상과 비슷하거나,

동일하다고 느낄 수 있는 경우죠."

"음……."

"그런 면에서 볼 때 노인들이 대상이 되었다는 것은 그 나이대 노인들에게 원한이 있다는 뜻이지요. 그렇다는 건……."

"그 부분은 이해가 가겠네요."

노인의 힘이라는 게 한계가 있고, 어른이 된 후에는 노인들을 괴롭히고 싶다고 해서 괴롭힐 수 있는 게 아니다.

즉, 노인이라는 대상에 대해서 그렇게 강렬한 원한을 가지려면 어릴 적의 학대가 가장 가능성이 큰 원인이 될 것이다.

"하지만 프로파일대로라면 그분들은 돌아가셨을 텐데?"

"그러니까요."

미움의 대상은 이미 죽었다. 그러니 그 원한을 비슷한 대상에게 푸는 것이다.

바로 버려진 독거노인들에게 말이다.

"그리고 그러한 과거는 많은 것을 이야기해 주죠."

노인들에게 그렇게 원한을 가지고 있다면, 시부모가 있다면 정상적인 관계 설정이 어려웠을 것이다. 그러니 이혼했을 가능성이 높다.

아들의 입장에서는 부모가 잘못하는 것도 없는데 증오하는 아내와 계속 함께 살기는 힘들 테니까.

"그래서 결혼했다면 고아, 아니면 양친 모두 돌아가신 분일 거라고 했군요."

"네."

거기에다가 그렇게 노인에게 학대받았다면 제대로 학업을 끝마치기는 힘들었을 것이다. 그러니 학력은 낮을 수밖에 없다.

"거기에다가 부모가 있다면 그걸 그냥 두지는 않았을 테니."

"부모가 없다라⋯⋯."

모든 게 마치 마법처럼 들리는데 차분히 분석해 보니 마법이 아니라 추론을 기반으로 한 사실이다.

"꼭 셜록 홈즈 같은 느낌이네."

"비슷하죠. 뭐, 현실적으로 보면 셜록 홈즈가 프로파일링에서 맞지 않는 부분도 있지만 프로파일링 기법을 통한 수사를 한 것은 맞아요. 물론 프로파일링이 완벽한 건 아니에요. 우리도 가끔은 틀리니까요."

어깨를 으쓱하는 김소라.

"하지만 도움은 많이 되지."

일단 그가 내건 조건은 무척이나 까다롭다.

누군지 모르는 건 마찬가지지만 반대로 자신들이 생각하는 조건에 맞는 사람들은 상당히 드문 편일 테니까.

"그러면 현장에서 자원봉사를 하는 사람들을 일단 알아봐야겠군요."

조건을 알았다면 그를 추적하는 것은 어렵지 않다.

그리고 그런 범인이라면⋯⋯.

'분명히 그 안에 다른 표적이 있겠지.'

노형진은 그렇게 확신하고 있었다.

"교회?"

"네."

"교회들이야 많이 다니기는 하지."

노인들은 안다는 듯 고개를 끄덕거렸다.

"그중에서 교회에 다니다가 따로 다니는 사람은 없나요?"

"그런 사람도 많지."

"흠……."

불쌍한 사람들을 보고 김치며 반찬이며 해 주는 아주머니들은 많다.

그러니 그냥 교회 다니는 아주머니라고 특정해 버리면 너무 숫자가 많아진다.

'개별적으로 다니기도 할 테니…….'

더군다나 살인하는 가해자는 자신의 표적에게만 접촉하려고 할 것이다.

이런저런 사람들 만나 봐야 결국 의심만 하게 될 테니까.

그러니 이곳에 있는 노인들을 붙잡고 마냥 물어볼 수도 없는 노릇.

"뚱뚱한 아주머니는?"

"많지. 한두 명인가?"

"크으……."

제법 줄였다고 했는데 이것도 쉽지 않다.

물론 학력이 낮다거나 과거에 학대받은 경험이 있다거나 하는 식의 특징도 있기는 하지만 이런 노인들이 그런 것까지 알 리 없다.

'그렇다고 교회마다 찾아가서 그런 사람 없느냐고 물어볼 수도 없고.'

그랬다가는 도움은커녕 미친놈 취급을 받거나 경찰을 불러올 것이다.

좋은 사람이라는 가면을 쓰고 있으니 자신들을 편들어 줄 리도 없고.

"여기를 지킬 수도 없고."

쪽방촌이라는 곳은 여기저기 좁은 길도 많고 숨겨진 길도 많다. 거기에다 다닥다닥 붙어 있는 집들 때문에 길 안으로 들어가면 아예 다른 쪽이 안 보인다.

그러니 감시를 해서 오는 사람들을 특정하는 것은 사실상 불가능하다.

그러는 사이 쫄레쫄레 손에 요구르트를 들고 나타나는 손채림.

"넌 주변에 물어보고 온다더니 뭘 그런 걸 다 얻어먹고 있냐."

"손녀 같다고 주시던데? 확실히 대부분의 어르신들이 어린 여자들에게는 약하네. 프로파일이 일리가 있어."

"쩝."

확실히 딸이나 손녀 같은 존재에게는 약해지는 것이 노인들이다.

그러니 살인범이 활개를 칠 수도 있겠지만 말이다.

"그래서, 수익은 좀 있어?"

"전혀."

노형진은 머리를 흔들 수밖에 없었다.

"외모나 교회로는 특정할 수가 없어. 그렇다고 개개인을 다 붙잡고 물어보자니 너무 숫자가 많고. 그 사람들에게 찾아오는 여자들을 다 범인이라고 의심할 수도 없고."

노형진은 절로 눈을 찡그러트렸다.

"에헴, 그럴 것 같았음."

"에헴? 뭐야, 넌 찾았다는 거야?"

"대충은?"

"뭐라고?"

노형진은 깜짝 놀랐다.

아무리 찾으려고 해도 너무 폭 넓어서 감도 못 잡고 있는 상황이었다. 그런데 대충이라도 잡았다니?

"어떻게?"

생김새로도, 외모로도 특정할 수 없다는 사실은 알고 있다. 그런데 어떻게 특정을 한단 말인가?

"장례식장에 자주 조문 오는 자원봉사자가 있느냐고 물어
봤지."

"장례식 조문?"

"응. 그렇게 똑똑한 사람이면 끝까지 자기를 감출 거라고
생각했거든. 자주 오던 사람이 장례식에 안 오면 의심하지
않을까 싶어서 말이지. 그리고 장례식이라면 이분들도 갈 거
다 싶었고."

노형진은 뒤통수를 맞은 느낌이었다.

자신은 전혀 생각하지 못한 부분이었다.

"내가 왜 그 생각을 못 했지?"

여기 노인들은 대부분 죽음을 앞두고 있고 또 그 사실을
감안하고 있다. 그러니 누군가 죽으면 장례식 조문을 갈 것
이다.

"하지만 정작 자원봉사자가 장례식 조문까지 가는 경우는
드물지."

대부분의 자원봉사는 단발로 끝나는 데다가 따로 연락처
를 남기지 않기 때문이다.

그래서 돌아가셨다는 연락을 받고 찾아가는 것도 쉬운 게
아니다.

"하지만……."

"범인은 현장에 다시 나타난다는 말이 있잖아."

"그렇지."

100% 맞는 말이기는 하지만 기본적으로 심리적인 부분은 똑같다.

범죄를 은폐하기 위해서라는 것.

혹시나 자신이 뭔가 떨어트리지는 않았나, 자신이 실수한 것이 있나 확인하기 위해서 범인이 다시 나타난다고 하는 것이다.

"아무래도 장례식장은 티가 날 수밖에 없지."

한 번도 아니고 여러 번 장례식에 나타나는 사람은 눈에 들어올 수밖에 없다.

특히나 자신을 도와주는 사람이라면.

"너 천재다."

"에헴!"

뻐기는 손채림을 보면서 노형진은 피식 웃었다.

그러나 이번만큼은 그녀가 맞는 상황이니까 그냥 두기로 했다.

"그래서 그런 사람이 있대?"

"한 명."

"한 명?"

"응. 한 명이 적극적으로 도와준대. 장례식이 있으면 같이 와서 도와주고 빈소도 지켜 주고. 칭찬이 자자해. 가면에 능하고, 주변에서 칭찬을 해 준다고 했지?"

딱 맞는 프로파일이다.

물론 우연일 수도 있지만 추적은 해 볼 만하다.

"이름이 뭔데?"

"강홍례."

드디어 범인으로 추정되는 자가 나타난 것이다.

　"강홍례. 나이는 37세. 4년 전에 결혼했다가 2년 전에 이혼했고 자식은 없어. 집은 용인인데 교회는 분당으로 다니고 있고, 분당에 산 적은 없고. 양친은 그녀가 열한 살이었던 때에 사고로 사망했고, 그 후에는 할아버지 할머니와 함께 산 것으로 나와 있어. 음, 학대 기록은 없으니 이건 모르겠네."

　"그렇단 말이지?"

　상당히 프로파일에 근접해 있다.

　"학교에 다닐 때 성적은 좋았어. 중학교 1학년 때까지는."

　"1학년까지는?"

　"응. 그 후에 갑자기 성적이 바닥으로 떨어져서 박박 기었네."

　프로파일이 너무 잘 맞으니까 도리어 겁이 날 정도.

"확실하지 않은 건, 왜 갑자기 살인범으로 돌변했느냐는 거야."

살인을 시작하는 데에는 다 원인이 있다.

과거에 학대당한 적이 있다고 해서 무조건 다 살인마가 되는 것은 아니다. 누군가 그걸 촉발시키지 않는 한 말이다.

"2년 전이라……."

"3년 전 기록에 비교해서 세 배 늘었다고 하지 않았어? 그렇다면 살인은 2년 전부터 시작되었다는 뜻인데."

"왜 촉발되었을까?"

송정한은 그녀의 기록을 보면서 도대체 왜 그렇게 돌변한 건지 의심했다.

증거가 없는 이상 정확하게 원인을 알아야 추적할 수 있으니까.

"아마도 이혼이 문제가 되지 않았을까요?"

"이혼?"

"네."

"그게 뭐가 문제가 된단 말인가? 이혼 이유는 성격 차이인데."

노형진이 씁쓸하게 웃었다.

자신이 변호사고 또 이혼 소송도 여러 번 했지만, 가장 핑계 대기 좋은 게 성격 차이다. 증명할 수 없는 문제니까 법원에서도 받아 주는 편이라서 대부분은 그냥 성격 차이를 이유로 이혼해 버린다.

"전 그 사람의 과거에서 볼 수 있다고 생각합니다."

"과거?"

"중학교 1학년 때부터 성적이 급락했습니다. 정확하게는 1학년 2학기부터네요."

"그런데?"

"이때가 보통 2차성징기 아닌가요?"

"응? 그게 무슨……? 아…….."

그녀의 프로파일과 비교해 보면 그 의미는 단순하다고 볼 수 없다.

"학대의 방식은 여러 가지가 있지요. 그냥 폭행도 학대지만……."

"성적인 학대도 있지."

중학교 1학년쯤 되면 슬슬 여자로서의 태가 나기 시작한다. 상당수 성범죄가 그때를 시점으로 벌어지기 시작한다.

하물며 학대를 받았다면 성범죄일 가능성이 높다.

"하지만 학대 기록이 없었잖아. 당하면서도 신고를 안 했다고?"

"그 시절에는 가족 내에 문제가 있어도 덮어 버리던 때야. 지금도 마찬가지고."

"끄응…… 그건 맞네."

손채림도 그걸 인정할 수밖에 없었다.

이런 가족 내 성범죄는 거의 신고가 안 되는 범죄 중 하나니까.

"그러면 프로파일상의 학대가 이해가 가는군."

단순 폭행이 아니라 성적인 학대라면 극심한 트라우마가 안 남을 수가 없다.

"문제는 그게 왜 터졌느냐는 거야."

"결혼 이후가 문제가 된 것 같습니다."

"결혼?"

"네, 33세에 결혼했다고 했으니까요. 남편은 몇 살이었지?"

"어디 보자, 결혼 당시에 37세. 그런데 이게 문제가 되나?"

"되지. 적은 나이가 아니니 아이를 가지려고 했을 거야."

"아이? 하긴 둘 다 적은 나이가 아니니 가지려고 시도했겠지. 그래서?"

"2년 정도 시도했는데 안 생기면 부부는 자연스럽게 자기들의 문제가 아닌가 의심하게 되지요. 그러면 검사하게 됩니다."

"검사? 끄응."

바로 눈치챈 송정한은 머리를 절레절레 흔들었다.

"과거가 걸렸나 보구만."

"그랬겠지요. 과거에는 흔하게 벌어지던 일이니까."

"그게 무슨 소리야?"

"성범죄 중 상당수는, 특히 친족 간 성범죄는 자주 일어나고 벗어날 수 없다는 점에서 임신으로 연결되는 경우가 많아."

"그게 무슨……. 아, 씨발, 더러워!"

손채림은 거기까지 말하자 알아듣고는 그녀답지 않게 욕을 뱉어 냈다.

"그 당시에는 소파 수술이라고 했다지?"

송정한조차도 구역질이 난다는 표정이 되어 버렸다.

"네."

소파 수술.

원래는 자궁 내 출혈성 내막염에 대한 진단 및 치료술을 뜻하는 건데, 민간에서는 어째서인지 낙태를 뜻하는 은어가 되어 버린 방법이다.

"낙태는 불법이지요."

그건 대한민국이 법을 만들고 난 후 단 한 번도 바뀌지 않은 법이다.

"더군다나 할아버지의 강간으로 인한 임신이라면 더더욱 병원은 못 가죠."

당연히 이 경우 할머니는 범죄를 은폐하게 된다.

그러니 그들이 선택할 수 있는 것은 단 하나.

"야매로군."

"당시에는 종종 있었다고 하니까요."

야매, 그러니까 의사가 아니고 대충 기술을 아는 사람이 하는 방법이다.

물론 낙태는 할 수 있다.

문제는 낙태는 단순한 수술이 아니라는 것.

자궁은 예민한 곳이라서, 잘못 건드리면 임신조차 불가능하게 된다.

"그게 걸렸다면 아마도 이혼당했을 겁니다."

과거에 낙태를 하고 그로 인해서 임신 불능 상태까지 되었다면 남자의 입장에서는 섣불리 받아 줄 수도 없게 된다.

"그런데 왜 노인들을……?"

"남자 쪽 양측 부모는 살아 계시지?"

"당연히 살아 있지. 끄응…… 알겠네. 그게 원인이었네."

"내가 봐도 그래."

그런 상황이라면, 가문이나 집안에 대해서 상당히 보수적인 입장을 견지하고 있는 노인들이라면 절대로 받아들일 수가 없는 조건이다.

강간당한 것도 여자 잘못이라고 생각하던 시대를 살아온 사람들 아닌가?

하물며 강간도 그런데, 임신까지 해서 낙태하고 임신 불능까지 되었다.

"이혼에 아마 그들이 적극적으로 개입했을 겁니다."

어쩌면 남편은 안 하려고 했을 수도 있다. 그러나 부모가 극성을 떨어서 어쩔 수 없이 이혼했을 수도 있다.

그렇다면 나이 먹은 노인에 대한 분노가 폭발하기에는 충분한 조건이 된다.

"더군다나 사진을 봐."

지금의 사진과 과거의 사진을 비교해 보면 확연히 티가 난다.

　과거의 사진을 보면 평균적인 외모에 그다지 살이 찌지 않은 몸매를 가지고 있다.

　하지만 이혼 이후에 살이 무섭게 찐 듯, 지금의 사진은 평퍼짐한 덩치를 자랑하고 있다.

　"물론 모든 게 추론이기는 하지만."

　프로파일부터 지금의 상황까지, 오로지 추론으로 연결된 것이기는 하다.

　하지만 어떻게 보면 가장 사실에 가까울 수도 있는 추론이다.

　"불쌍하다."

　"불쌍하기는 하지만 그렇다고 그냥 둘 수는 없잖아? 차라리 그녀가 시부모였던 사람들을 죽인다면 이해라도 하지. 하지만 그녀가 죽이는 사람은 아무런 상관도 없는 제3자라고."

　"끄응…… 그렇지."

　"그러니까 어떻게 해서든 막아야 해."

　"신고라도 해야 하나?"

　송정한은 전화기를 힐끔 보면서 말했다.

　"무리일 겁니다."

　"그렇지?"

　"아니, 왜? 특정도 다 되고 이유도 대충은 알았잖아."

　"그건 다 추정일 뿐이지, 증거가 없잖아."

　"끄응…… 그게 문제네."

역순으로 해서 범인을 추정할 수는 있지만 그걸 증거로 범인을 기소할 수는 없다.

추정은 어디까지나 추정일 뿐이기 때문이다.

"그러면 어쩌지? 몰래 따라다녀?"

"일단은 그것뿐인 것 같네."

언젠가 그녀가 범죄를 저지르는 순간을 노리는 것 말고는 방법이 없었다.

"전혀 엉뚱한 사람이면 어쩌지?"

"그렇지 않기를 바라야지."

노형진은 그렇게 말하면서도 한숨을 쉴 수밖에 없었다.

강홍례의 삶은 그다지 특별한 것은 없었다.

낮에는 자원봉사를 다니고 밤에는 자신의 집에서 사는 것이 전부였다.

누군가 본다 해도 살인범이라고는 결코 생각하지 않을 정도의 선량하고 바른 사람.

"살인범 맞아?"

심지어 손채림조차도 보고서를 보면서 과연 자신들이 제대로 추적하고 있는 건지 의심할 정도였다.

누구에게나 자상하고 선량한 그 모습은, 외부적으로 보면

완벽함 그 자체였다.

"난 도리어 의심스러운데."

"응? 그게 무슨 소리야?"

"사람이 타인에게 완벽할 수가 있을까?"

"불가능하다 이거야?"

"그렇지. 세상에 완벽한 사람은 없어. 타인을 존중하고 배려하고 다 좋지만, 그 모습마저도 배알이 꼴려서 삐딱하게 보는 사람도 있거든."

"그렇기는 하네."

아무리 노력해도 맞지 않는 사람이 있기 마련이다.

그런데 강홍례에게는 그런 모습이 전혀 보이지 않았다.

"더군다나 난 그 삶을 보면서 더 이해가 안 가는 게 있어."

"더 이해가 안 간다?"

"안 간다기보다는, 불가능하지. 도대체 어떻게 먹고사는 거지?"

손채림은 아차 했다.

강홍례가 살고 있는 집은 18평쯤 되는 아파트였다.

그다지 잘사는 건 아니다. 옷도 그렇고, 꾸미고 다니는 것도 그렇고.

"그런데 자원봉사를 다니면서 유유자적 산단 말이지. 그 돈은 어디서 나오는 걸까?"

"음······."

"자원봉사라고 해서 돈이 안 들어가는 건 아니야."

도리어 자원봉사는 돈이 들어간다.

단순히 몸을 이용해서 설거지해 주고 밥해 주고 빨래해 주는 것만이 아니다. 반찬을 해서 가져다주고 가끔 쌀도 가져다주고…….

"돈이 적지 않게 들 텐데."

"그러네. 그 부분은 생각하지 못했네."

손채림은 그녀의 생활을 이리저리 파고들었지만 거기에는 돈을 번다는 개념이 들어갈 만한 게 없었다.

"이혼할 때 돈을 많이 가지고 나온 거 아냐?"

"그건 아니야."

결혼했던 상대방은 그다지 부자도 아니었다.

더군다나 결혼한 지 2년 만에 이혼한 상황.

"위자료를 들고 나올 수 있었을지는 모르지만, 그렇다고 이렇게 펑펑 쓰면서 살 수 있는 정도는 아닐 텐데."

물론 본인이 모아 둔 돈도 있을지도 모른다.

그러나 그 돈이 얼마나 되든 이렇게 돈을 써 가면서 좋은 일을 한다고 하면 떨어지는 것도 금방일 수밖에 없다.

"과연 돈이 어디서 나오는 걸까?"

"희생자들에게서 훔치는 걸까?"

"그럴 리가."

"사망보험금은?"

"보험회사가 그렇게 바보는 아니거든."

수령인 이름에 강홍례가 그렇게 자주 등장하면 보험회사가 알아차릴 수밖에 없다.

더군다나 아무리 독거노인이라고 해도 본 적도 없는 사람을 위해서 보험계약서에 사인을 해 줄 리 없다.

"결국 자신이 일하지 않는데도 돈이 나올 수 있는 방법이 필요하다는 건데."

문제는 대부분의 그러한 방법은 불법을 기반으로 한다는 것이다.

물론 투자해서 받아 내는 방법도 있지만, 그건 어디까지나 부자들의 방식.

"확실한 것은 우리가 아는 것보다 모르는 게 더 많다는 거야. 어쩌면 강홍례의 삶을 조금 더 깊이 파고들어야 할지도 모르겠어."

그러면 아마도 진실에 더 가까워질 거라 노형진은 확신했다.

⚖️

감시 2주째.

언제나 같은 보고서가 올라오고 있었지만 노형진은 그 안에서 특이 사항을 발견할 수 있었다.

"32-4라. 이 집은 뭐죠?"

"다른 집과 마찬가지로 독거노인이 사는 집입니다."

여전히 이어지는 자원봉사.

그런데 왜 갑자기 그 이야기를 꺼낸 걸까?

"왜? 무슨 문제라도 있어?"

"아마도."

"아마도?"

"찾아가는 횟수가 다른 곳에 비교해서 좀 많아진 것 같아서."

"응?"

"이 주소, 그저께 보고서에서도 봤거든."

노형진은 서류철을 찾아서 뒤적거렸다. 그리고 그 안에서 주소록을 찾아서 확인했다.

"확실해. 다른 곳에 비해서 상대적으로 찾아가는 빈도수가 높아."

"그래?"

"그리고 시간을 봐."

"시간이 왜? 찾아가는 시간이 상관이 있어?"

"상관이 있지."

노형진은 찾아가는 시간을 명확하게 비교했다.

맨 처음 그 집에 찾아간 시간은 오후 2시경이었다. 그러나 지금 찾아가는 시간은 오후 7시경.

그동안의 시간을 보면 제각각이었다.

같은 코스를 도는 경우도 있는데, 그곳을 걸렀다가 나중에

다시 돌아와서 가는 경우까지 있었다.

"왜 그럴까?"

"잠드는 시간을 노리는 게 아닐까?"

손채림은 흠칫 몸을 떨었다.

"그러면 타이밍을 노리고 있다는 뜻이야?"

"그렇지."

사람은 습관의 동물이다. 특히나 나이를 먹을수록 그런 점은 더더욱 두드러진다.

"보통 노인들은 낮잠을 자는 습관이 있지."

그리고 그 시간이 되면 손님이 있어도 습관적으로 잠들어 버리게 된다.

"상대방이 자원봉사를 여러 번 온, 믿을 만한 사람이라면……."

"믿고 잠들겠지."

그리고 그때가 기회라는 점을 그녀는 알고 있는 것이다.

"어쩌지?"

"글쎄."

살인의 현장을 노린다? 물론 가장 확실한 방법이기는 하다.

하지만 피해자가 문제다.

피해자는 노인이다. 작은 충격에도 몸이 다칠 수 있다.

"사전에 설명을 좀 하면?"

"노인들이 쉽게 믿겠어?"

"그렇겠지?"

나이를 먹으면 사람들은 쉽게 변하지 않는다.

특히나 믿음에 관해서는, 아무리 증거가 확실해도 믿으려고 하는 성향이 있다.

그래서 사기꾼들이 사기를 치고 도망가도 많은 노인들이 그런 사람이 아니라고 말하면서 신고를 꺼린다.

"그러니 우리가 말한다고 해서 믿어 줄 것 같지는 않은데."

그렇다고 사전에 다른 곳으로 빼돌리면 강홍례는 누군가가 자신을 추적하고 있다는 것을 알아차릴 것이다.

"가장 좋은 방법은 그 안에다가 몰래카메라를 설치하는 건데."

"잘도 허락해 주겠다."

허락해 줄 리 없다.

말하는 순간 불안해서 어디 잠이나 자겠는가?

나이 먹은 노인에게 강홍례를 속일 정도의 연기력을 기대하는 것도 무리고 말이다.

"그럼 어쩌라는 거야? 몰래 감시할 방법이 없잖아. 벽을 투지하지 않는 이상에야……."

"벽?"

그 순간 노형진의 머릿속에서는 번쩍하고 좋은 아이디어가 떠올랐다.

"좋은 방법이야. 왜 그걸 몰랐지?"

"뭐, 진짜로 벽을 투시라도 하겠다는 거야?"

"불가능한 건 아니지."

"야, 우리가 무슨 초능력자도 아니고 어떻게 벽을 투시해?"

"보통은 불가능하지. 하지만 그곳이라면 가능해."

"응?"

"그곳은 쪽방촌이잖아!"

그게 왜 가능하다는 건지 손채림은 여전히 이해할 수가 없었다.

⚖

"벽이 고작 이게 끝이야?"

"그래. 쪽방촌이라는 덴 원래 이래."

쪽방촌의 쪽방은 애초에 설계상 나올 수 없는 구조물이다.

격벽이니 뭐니 하면서 일정 규격을 맞춰야 하기 때문이다.

"하지만 대부분은 인가 후 설계 변경을 하지."

무슨 말이냐면, 정상적인 건물로 허가를 받은 후에 쪽방으로 구조를 나눠서 분할해서 임대하는 것이다.

물론 당연히 불법이지만, 정부에서는 그걸 적극적으로 단속하지는 않는다.

특히나 이런 쪽방촌의 경우 단속 자체가 그곳에 살고 있는 사람들의 생존과 직결되는 경우인지라 극렬한 저항에 부딪치기 때문에 하지 못한다고 하는 게 맞다.

"그리고 그 벽은 제대로 된 벽이 아니야."

노형진은 벽을 탁탁 두들겼다. 그러자 그 너머에서는 '통통' 하고 빈 소리가 났다.

"헐."

"그냥 두꺼운 합판으로 구분한 정도?"

그랬다.

지금 노형진과 손채림 그리고 몇몇 팀은 건너편 쪽방을 빌려서 거기에 있었다.

"좁아터지겠네."

"이곳 사람들의 삶이 그런 거지."

일반적인 벽이라면 투시는 불가능하다.

하지만 이런 벽은 아니다.

"벽에 구멍을 내는 것도 어려운 일이 아니고."

잘 안 보이는 곳에 구멍을 내고 내시경 카메라급의 작은 카메라를 설치하면 강홍례는 알아채지 못할 것이다.

"거기에다가 이런 벽은 사실상 방음은 기대도 하지 못하거든."

집향성 마이크 하나만 설치하면 그 너머에서 벌어지는 모든 일은 다 녹음된다.

"더군다나 반대편에는 투시형 적외선카메라까지 설치했지."

완벽한 감시 체제를 구축한 것이다.

이 양쪽을 빌리는 것은 당사자가 알 수가 없다. 이곳에 있던 분은 양해를 구해서 다른 곳에서 생활하게 만들었다.

무려 100만 원씩이나 주고 에어컨 빵빵하게 나오는 모텔에서 지내 달라고 하니 두 노인은 아무런 소리도 하지 않고 방을 빌려줬고, 결과적으로 양쪽 집에서 가운데 집을 감시하는 형태가 되어 버렸다.

"하지만…… 푹푹 찌는군."

헉헉거리면서 김성식은 손으로 얼굴을 부채질했다.

"이건 뭐, 선풍기가 의미가 없네."

선풍기를 틀어 봐야 나오는 것은 뜨거운 바람뿐.

"쪽방촌의 삶이란 게 그런 겁니다."

"그래도 너무한데? 이 좁은 공간에 네 명이나 들어가 있으니."

"다섯 명이 될 겁니다."

"응?"

문이 삐걱 열리면서 들어오는 한 남자.

그는 시청 직원의 연락처를 줬던 경찰이었다.

"여기는 어쩐 일로 오신 겁니까?"

"노 변호사님이 오라고 하던데요?"

"헐."

좁은 틈으로 비집고 들어온 그는 주섬주섬 가지고 온 선물을 꺼내 들었다.

"우와!"

시커먼 봉투에서 나온 아이스크림에 얼굴이 환해지는 사람들.

김성식은 그중 하나를 까서 입으로 넣으면서 그에게 물었다.

"그런데 왜 저쪽으로 가지 않으시고요? 그쪽은 사람이 두 명뿐인데요?"

"아, 그렇기는 한데 카메라랑 녹음장비가 공간을 많이 차지해서요. 그리고 거기서 나오는 열기가 장난 아닙니다. 거기는 거의 사우나 수준이더군요."

"헐."

김성식은 질려 버렸다.

지금도 더워 죽겠는데.

"차라리 나가서 기다릴까요?"

"언제 올지 모르니 조심해야 합니다. 건장한 사내들이 지키고 있으면 의심할 겁니다."

"끄응…… 그렇기는 한데 왜 하필이면 오늘입니까?"

형사는 그게 궁금했다.

자신이야 실적을 올릴 수 있으니 좋다지만 오늘쯤 착수한다는 것이 이해할 수가 없었던 것이다.

"가설에 따르면 한 달에 한 번 살인한다고 했습니다. 살인을 하고 나면 다음 달에 한다는 거죠. 날짜는 정확하게 맞아떨어지지는 않습니다만 보통 살인을 한 전후로 일주일 차이가 나더군요."

"그런데요?"

"그녀가 다음 주부터는 좀 바쁠 예정입니다."

"네? 그게 무슨……?"

"그녀에게 돈 들어오는 구멍을 찾았거든요."

노형진은 히죽 웃었다.

경찰은 그게 무슨 소리인지 이해하지 못하고 고개를 갸웃했다.

"뒤를 캐 봤더니, 역시나 보이는 모습과는 다르더군요."

그녀가 돈을 버는 방식은 간단했다. 바로 성매매.

물론 성매매를 하는 술집은 상당한 돈이 들어간다.

하지만 속칭 보도라고 해서 여자만 보내 주는 업종은 돈이 그다지 들어가지 않는다.

"보도?"

"네."

보도는 그녀가 나가는 게 아니다.

그녀는 투자만 하고, 나가는 건 다른 사람들이다. 그러니 그녀가 일하는 모습이 안 보일 수밖에 없었던 것.

"그래서 슬며시 찔러줬죠."

"보도? 찔러? 아, 잠깐! 얼마 전에 들어온 그 익명의……?"

뭔가 기억난 듯한 얼굴로 형사가 바라보자 노형진은 씩 웃었다.

"맞습니다."

"헐."

"그러니 다음 주부터 좀 바빠질 겁니다."

슬쩍 찌른 것을 가지고 당연히 수사가 진행되었고, 경찰은 그녀에게 소환장을 발부했다.

"소환장이 나온 이상 그녀는 나갈 수밖에 없지요."

"그렇겠군요."

그리고 경찰이 주시하고 있다는 것을 알아차렸을 테니 그때쯤에는 움직임 자체가 힘들어질 것이다. 혹시나 경찰이 보고 있을 가능성이 높기 때문이다.

"내일은 주말이지요. 저 방에 사는 할머니는 독실한 신자이십니다. 주말에는 교회에 가 계시지요."

더군다나 주말은 독거노인들을 위한 자원봉사자들도 많이 온다. 그러니 타이밍 자체가 위험해질 수밖에 없다.

"결국 자기 사이클을 지키기 위해서는 오늘뿐이라는 거군요."

"네."

노형진은 치밀하게 설계해 둔 상태였다.

이미 그녀가 범인이라면 벗어날 수가 없는 상황.

그렇게 얼마나 시간이 지났을까?

"드디어 낮잠을 자는 시간인가 보군요."

오후 4시쯤. 옆방의 할머니가 안으로 들어와서 눕는 것이 보였다.

그녀는 잠시 뒤적거리는 듯하더니 곧 고른 숨소리를 내면서 잠들어 버렸다.

"하지만 정작 강홍례는 안 보이는데요?"

"그러게요."

"우리가 잘못 안 걸까요?"

고민하는 그때였다. 삐걱 소리가 들리면서 문이 열리는 것이 보였다.

"응?"

노형진은 그쪽으로 시선을 돌렸다.

카메라가 높은 위치에 있었기 때문에 보이는 것은 낡은 옷과 하얀색의 머리카락뿐.

"다른 노인인가?"

"친구가 찾아온 걸까요?"

그런 거라면 오늘 작전은 실패한 셈이다.

'이번 달은 거르려고 하는 건가?'

노형진은 그걸 보면서 눈을 찡그렸다.

상황을 봐서는 강홍례가 범인인 것은 확실하다. 그런데 오지 않다니.

'표적이 다른 사람이면 골 때리게 되는데.'

그렇게 생각하는 그때였다.

"어?"

"왜?"

"이상하지 않아? 보통 주인이 자고 있으면 돌아가야 하잖아."

"응?"

"저 할머니를 봐 봐."

그녀는 문을 열고 상대방이 자는 것을 확인하고는 천천히 문을 닫았다.

물론 닫는 게 정상이다.

문제는, 그 사람이 자는 걸 알면서도 방 안으로 들어온 상태에서 닫고 있다는 것이다.

"동네 할머니인가?"

"동네 할머니?"

다들 어리둥절한 그때, 노형진은 소름이 쫙 돋았다.

"채림아, 혹시 주변을 돌 때 저렇게 덩치가 있는 노인 본 적 있어?"

"응? 그러고 보니 없는데, 왜?"

"나도 본 적이 없는데."

사건에 대한 조사를 하느라고 이 주변 주민들 대부분을 만나서 이야기했지만 저렇게 덩치가 큰 할머니는 본 기억이 없었다.

물론 타이밍이 안 맞아서 못 만났을 수도 있지만…….

"설마 변장?"

"큭."

생각해 보면 특이한 일은 아니다.

살인이 목적이라면, 자원봉사를 할 때와 똑같은 모습으로 온다면 누군가 알아보고 기억할 수도 있다.

하지만 전혀 모르는 모습으로 온다면 누가 의심하겠는가?

이 주변에 넘쳐 나는 게 노인이다. 더군다나 연쇄살인범으로 노인을 의심하는 경우는 없다.

"미친."

확실히 모든 면에서 강홍례는 머리가 좋았다. 하지만 설마 변장까지 할 줄이야.

"어쩌지?"

"두고 보자."

일단은 두고 보는 수밖에 없다, 진짜로 동네 할머니일 수 있으니.

그러나 노인은 천천히, 조용히 누워 있는 할머니에게 다가갔다. 그리고 이불을 끌어 올려서 누워 있는 사람의 얼굴을 찍어 누르기 시작했다.

"흐읍!"

잠결에도 숨이 막히는 건지 꿈틀거리는 할머니.

그러자 더욱 강하게 찍어 누르는 강홍례.

"여기까지!"

더 이상은 보고 있을 이유도 없고, 그렇게 둬서도 안 된다.

양쪽 방에서는 사람들이 쏟아져 나왔고, 강홍례가 살인을 시도한 지 채 30초도 지나기 전에 그쪽 방으로 사람들이 들이닥쳤다.

"강홍례! 네놈을 살인 혐의로 체포한다!"

놀라서 황급하게 고개를 돌리는 강홍례.

"허."

노형진은 그 모습을 보고 혀를 내둘렀다. 얼마나 정교하게 분장을 한 건지, 누가 봐도 노인의 모습이었던 것이다.

커다란 덩치가 아니었다면 본인인 줄 몰랐을 만큼.

"난 강홍례가 아닌데? 난 그런 사람 몰라!"

일이 틀어졌다고 생각한 그녀는 모른 척했다.

그러나 이미 그녀는 구석으로 몰려 있었다.

"할머니는 괜찮아."

손채림은 놀라서 헉헉거리는 할머니의 상태를 보고는 고개를 끄덕거렸고, 노형진은 다시 고개를 돌려서 강홍례를 바라보았다.

"모른다고?"

"난 몰라."

"그래?"

노형진은 피식하고 웃으면서 바닥에 떨어져 있던 걸레를 들었다. 더러운 것이기는 하지만 그래 봤자 강홍례보다 더 더러울까 하는 생각이 들었다.

"과연 그 아래 얼굴은 뭐라고 할지 궁금하네."

노형진이 다가가자 도망가려고 하는 강홍례.

그러나 이미 경찰과 다른 사람이 그녀의 양팔을 붙잡았고, 노형진은 걸레로 그녀의 얼굴을 박박 문질렀다.

"아악!"

"두껍게도 했네."

화장이 아니라 변장 수준이었기 때문에 지우기 위해서 강하게 문질러야 했고, 결국 지워지고 나자 그 두꺼운 화장 아래에 표독스러운 눈빛의 강홍례가 붉은 얼굴을 드러냈다.

"어떻게 나인 줄 알았지?"

"뭐, 쉬운 건 아니었지."

노형진은 어깨를 으쓱하면서 뒤로 물러났다.

그러자 옆에 있던 경찰이 수갑을 꺼내 들었다.

"강홍례, 당신을 살인의 현행범으로 체포합니다. 당신은 묵비권을 행사할 수 있으며……."

경찰의 그러한 목소리는 강홍례의 찢어지는 고함 소리에 묻혀 버리고 말았다.

"난 잘못한 거 없어! 노인네들은 죽어야 해! 나이 먹고 사회나 좀먹는 쓰레기들이라고!"

언성을 높이면서 분노하는 강홍례.

그녀는 구석에서 바들바들 떠는 할머니를 노려보며 고래고래 소리를 지르면서 끌려 나갔다.

"노친네들은 다 죽여야 해! 다 쓰레기야! 다 쓰레기라고! 사회악! 암 덩어리들! 난 정의를 행한 거야!"

그녀는 몸부림을 치면서 소리를 질렀다.

보다 못한 노형진이 그녀에게 다가가서는 그대로 얼굴을 후려쳤다.

"입 좀 닥치시지."

노형진이 얼굴을 후려칠 거라 예상하지 못한 듯 그녀는 표독스러운 눈빛으로 그를 노려보았다.

"쓰레기라고? 암이라고? 그런 식으로 판단하면 세상에 쓰레기가 아닌 존재도 있나? 애초에 인간 중 일부가 쓰레기인 건 누구나 다 아는 사실이야. 그렇다고 인간 모두가 다 쓰레기인가? 그러면 본인은 스스로 깨끗하다고 생각해? 결국은 그 쓰레기 중에서 최고의 쓰레기면서!"

"웃기지 마! 저 노친네들은 다 똑같아! 자식한테 못 할 짓을 해서 혼자 버려진 거잖아! 난 다 알아!"

"알기는 개뿔. 돈이 없어서 부양하지 못하는 이도 있다는 사실을 왜 이해하지 못하지? 보내기 싫어도, 자식이 먼저 간 사람도 있다는 것을 왜 몰라? 혼자 산다는 것은 잘못이 아니야. 결국 그만한 사정이 있는 거지. 아니면……."

노형진은 잠깐 입을 다물었다. 그리고 그녀를 보면서 천천히 입을 열었다.

"이혼당해 보니 혼자 사는 사람은 다 쓰레기로 보이던가? 그런 식이라면 너도 쓰레기잖아. 쓰레기라서 혼자 사는 거 아니야?"

그 말이 강홍례의 트라우마를 건드렸는지 그녀는 더욱 미친 듯이 날뛰기 시작했다.

"죽여 버릴 거야! 죽여 버릴 거야!"

경찰은 씁쓸하게 웃으면서 길길이 날뛰는 그녀를 강제로 경찰차에 태우고 떠났고, 그 뒤를 피해 노인을 태운 구급차가 다급하게 따라 나갔다.

그리고 노형진은 그 뒤에 홀로 한숨을 쉴 수밖에 없었다.

⚖️

─이번 사건은 경찰의 의심으로 시작된 사건으로…….

"공적을 빼앗긴 거 아깝지 않아?"

"돈으로도 안 주는 공적 따위 필요 없어."

손채림은 피식 웃었다.

무려 스물일곱 명이나 되는 희생자가 발생한 연쇄살인.

이 사실이 새어 나가면 경찰은 온갖 욕을 다 먹을 수밖에 없는 상황이었고, 노형진은 그들에게 빚을 지우는 셈치고 그냥 공적을 넘겨줬다. 그 덕분에 체포한 경찰은 무려 2계급 특진이라는 기회를 잡을 수 있었다.

"그나저나 반성을 안 한다니, 거참."

"반성이라는 것은 기본적으로 공감 능력이 있어야 해. 정신이 정상적이어야 할 수 있는 게 바로 반성이야."

하지만 그녀의 정신은 정상이 아니었다.

어린 시절의 트라우마와 강제 이혼으로 벌어진 정신적 쇼크는 그녀의 정신을 완전히 망가트렸고, 그녀는 세상의 노인네들은 모조리 죽여야 한다면서 지금 이 순간에도 소리를 지르고 있었다.

"정신이상으로 나오지는 않겠지?"

"정신이상이 만능은 아니야."

아무리 정신이상이라고 해도 스물일곱 명이나 죽인 범인을 풀어 준다는 것은 나라가 뒤집히기 전에는 불가능한 일이다.

물론 그녀가 부자라면 가능할지도 모르지만.

"그런데 이해가 안 가는 게 있는데."

"응?"

"본인이 성범죄의 희생자잖아. 그런데 어떻게 보도방을 할 생각을 하지? 보통은 그런 사람들은 그런 거 하기 힘들지 않아?"

그 말에 노형진은 고개를 흔들었다. 손채림은 확실히 사람의 감정을 읽는 데 서투르다고 생각하면서 말이다.

"보통은 그렇게 생각하지. 하지만 그건 어디까지나 일반적인 사람들의 생각일 뿐이야."

"일반적인 생각?"

"그래. 일단 피해를 입으면 그 사람은 여러 가지 방식으로 반응을 해. 그중에서 가장 흔한 것이 바로 동병상련이야. 비슷한 처지나 동일한 상황에 있는 사람들에게 동질감을 느끼고 그들을 보호하려고 하는 거지. 그게 일반적인 경우의 대응이야."

"그러면? 저 여자는 일반적인 게 아니야?"

"일반적인 경우가 아니지. 심리적 충격으로 감정을 닫아 버리는 사람들도 있어. 그러면 당연히 동병상련 같은 건 전혀 못 느끼지. 다만 효율적으로 그리고 이성적으로 움직일 뿐이야."

"그러면 저 여자는 후자네. 전자라면 그렇게 살인을 하지 않았을 테니까."

"그렇지."

그녀가 감정을 가지고 있었다면 그렇게 무차별적으로 연쇄살인을 하지 않았을 것이다.

그러나 그녀는 감정을 닫아 버렸고, 오로지 효율과 돈 그리고 자신의 근본적 원한 해결만을 요구했다. 그러니 성매매를 한다거나 하는 식의 위법은 신경도 쓰지 않았으리라.

"그런 면에서 보면 저 여자도 불쌍하기는 하네. 감정조차도 닫아야 했다니."

"불쌍?"

노형진은 피식 웃었다.

"이런 말을 하면 그렇지만, 그런 식으로 피해를 입은 여성이 한두 명인 줄 알아? 그들이 다 연쇄살인범이 되는 건 아니잖아."

"그렇기는 하지."

"만일 그녀가 자기를 강간했던 할아버지와 그걸 은폐한 할머니를 죽였다면, 그건 불쌍한 거지. 하다못해 자신의 잘못도 아닌 이유를 들어 강제로 이혼시킨 전 시부모들을 죽였다면 불쌍한 건 몰라도 이해는 할 수 있어. 하지만 그녀는 그러지 않았어."

과거의 할아버지와 할머니는 죽었으니 그렇다고 쳐도, 전

시부모들은 여전히 살아 있다. 진짜로 원한을 가지고 있다면 그 복수의 대상은 그들이 되어야 한다.

그러나 강홍례는 그들은 멀쩡하게 두고 다른 사람을 노렸다.

그것도 저항할 수도 없고 지켜 줄 사람도 없는 독거노인들을 말이다.

"그건 불쌍한 게 아니야. 그냥 미친년일 뿐이지. 과거가 현재를 만들 수는 있지만, 과거가 현재를 용서해 줄 핑계가 될 수는 없어."

노형진은 선을 딱 그었다.

"재판에 들어가면 범인들이 가장 먼저 들고나오는 게 뭔지 알아? 구질구질한 과거의 이야기야. 자기가 얼마나 불쌍했는지부터 떠들지. 하지만 그들은 자신들의 범죄로 인해서 자신들의 과거보다 더한 상황이 되어 버린 사람에 대한 생각은 전혀 안 해. 불쌍? 그런 놈들에게 '불쌍하다'라는 단어는 사치야."

노형진은 끌려들어 가면서도 고래고래 소리를 지르는 강홍례를 보면서 단호하게 선을 그었다.

"'불쌍하다'라는 단어는 피해자에게 쓰는 거야. 가해자가 되는 순간 그건 아무런 의미가 없어."

화면 속에서는 강홍례에게 계란이 날아들고 있었다.

다음 권으로 이어집니다

200평 초대형 24시 만화방

수면실
(침대식)

사우나석

다인석

샤워실

세탁기

신간100%

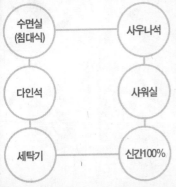

📖 수원 인계동점

● 나혜석거리   ● 농협

● CGV   ● 수원시청역 ⑧

무비 사거리

소주한잔
건물
24시 만화방 3F

● 홍콩반점   ● 홈플러스

TEL : 031-226-3771
수원시 팔달구 인계동 1041-11 3층 24시 만화방

📖 의정부점

의정부역 ④
⑤   흥선지하도

◀서울방향

진성약국   던킨도넛츠

24시 만화방
3F

TEL : 031-856-3971
경기도 의정부시 의정부동 197-13 3층

📖 주안점

주안
남부역

◀제물포

민병철
어학원   간석동▶

25시 만화방 6F

TEL : 032-426-2871
인천광역시 주안남부역 지하상가 4번 출구 GS25시 건물 6층

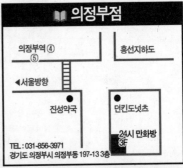

📖 안양점

● 안양역   육교

◀관악역   명학역▶

● 농협

24시 만화방
2F

안양일번가

TEL : 031-466-3771
경기도 안양시 안양동 674-163 조이당구장건물 2층

중걸 신무협 장편소설

大唐劍王
대당검왕

무림 최대 보물찾기!
진짜? 가짜? 기연 복불복이 시작되다!

당 말, 우내십일기의 숨겨진 비급을 찾아
온갖 세력들이 용강서원으로 몰려드는 이때
대방파 소부주의 심부름꾼으로 낙점된 삼하보의 연린도
어쩔 수 없이 서원으로 가게 되는데……

어차피 오게 된 것 최선을 다하자!

어렵게 찾은 가짜(?) 비급은 탈취당하지만
매의 눈으로 각파의 무공을 훔쳐 배우고
선한 심성 덕에 영약의 선택까지 받은 연린
과연 그의 소박한 꿈, 가문 부흥은 이뤄질 것인가?

엉망진창 당대唐代 무림의 구원자
일 검으로 시대를 가르다!

마운드의 제왕

정한담 스포츠 장편소설
ROK SPORTS FANTASY STORY

혜성처럼 나타난 야구계의 이단아
환상의 제구로 마운드에 우뚝 서다!

한국 야구계의 전설 최동훈의 피를 물려받았지만
야구선수로서의 능력은 제로였던 최성호

'패전 전문 투수', '물투수' 등
치욕적 별명만 얻은 채 입대를 하게 되고
야구에 대한 꿈을 접으려 할수록 미련은 강해져만 가는데……

그런 그의 눈앞에 나타난 건
어릴 적 받은 야구 카드의 주인공, 새철 트레벌?

더 이상 아버지의 이름을 더럽힐 수는 없다!
스승과의 하드 트레이닝을 통해
마운드의 제왕으로 거듭나라!

소울
SOUL SYNERGY
시너지

구현 현대 판타지 장편소설

**이성과 경험의 정문현, 본능과 감의 이영호
두 영혼의 초월적인 시너지로 불합리한 세상에 맞서다!**

무역회사 중역으로 살다가 암 투병 중 사망한 정문현,
목적 없이 살던 고아, 이영호의 몸속으로 들어갔다!
뭐? 둘의 영혼이 저승의 실수로 합쳐진 거라고?

한 개의 영혼, 두 개의 기억
저승사자의 사과 선물로 받은 수상한 인벤토리로
소박해도 좋으니 행복하게만 살자고 다짐하는데……

고아원 원장부터 경찰들까지,
나한테 왜 이렇게 갑질을 해 대는 거야?

**'평범'을 지향하는 이영호의
세상의 갑질을 향한 기상천외 사이다 원 샷!**